任安蓀 著

The Beauty of Imperfection

不完美的美好

心靈捕手

杜丹莉

　　認識安蓀，是在幾年前海外女作家協會的雙年會中，我們一見如故。後來中間兩屆年會，不是她缺席就是我不能去，2018年11月我們終於在台北再相遇，看到她真有說不出的親切，人和人的緣分就是那麼奇妙，我們有著彼此共同認識的朋友，相同的愛好，談不完的話題，每每有人問我們是不是姐妹，仔細看看，外表上並不那麼相像，那麼也許是氣質上吧，現在讀了她即將出版的新書，我才了解我們為什麼會相像。讀她的文章往往有一種錯覺，以為是唸我自己寫的東西，雖然我沒有中文系的她那麼文筆瑰麗斐然成章，但是她對事物的感想，生活的拾穗……常讓我心有共鳴，甚至同感戚戚。

　　譬如她對父母養育之恩的感激，去世後的思念，「陪伴母親，總特意去娛樂她，照了許多開懷的照片，下載電腦，按年編檔，每一打開瀏覽，為她拍照的當時情景，就晃回眼前，既熟悉又想念，照片的憑證，為我留存了母親美好又慈藹的神韻，然而，難挽地，我終究還是永遠地失落了親愛的母親。」（難挽的失落）

　　對兒女的離家後回家小住「『相見歡』後數日，雙方多不自覺旋回往日未離家前時光，隨意的言行，隨興的進出，新養成的陌生作息，林林總總的不經意中，偶也會讓一方心泛不悅。放出去的鳥兒，再回籠時，雖是同一隻鳥，牠的心態、牠的眼界、

牠的飛技，恐怕都已不是當初那隻鳥兒了」（三日現真章）

對孫輩來訪前的興奮「井然的家居，頓時颳起大風吹，變成嬰兒爬動場，『相機的電池充好電沒？』『打泥的蘋果、酪梨、胡蘿蔔和雞胸肉都買了？是買有機的？』自問自答，忙個不停，因為，到處爬的小貝拉，要隨父母回巢來啦！」（弄孫手記）件件寫到我的心坎裡，相信也會觸動許多讀者的心靈。

我也特別喜歡她的詩文映畫，把隨手拾掇的照片，配上或俏皮或嬌嗔或感懷的小詩小文，「我甘願低首歛眉，讓妳君臨天下，妳走我跟，妳逃我追，將是永遠不會結束的遊戲，也將是永遠不會結束的跟定，只因為，我最愛的，是妳。」（我最愛的，是妳）

安蓀勤快好學，以相機捕捉身邊或旅行中美好的剎那，成文成詩，照片和詩文相得益彰，清新雋永又意味深長，她以慧眼看平凡中的不平凡，心中彷彿住著一位小女孩，讓我們窺見到許多她童真的一面。

我們這一代海外留學生，境遇不同，卻有許多相似的心情，安蓀以心靈捕捉的生活點滴，那也是我們的戀戀情懷，流金歲月中的結晶，閃爍著吸引人的光芒，恭喜她結集又成一書，希望她繼續以慧心慧眼，為我們書寫出下一本書。

（杜丹莉，筆名丹黎，聖地牙哥中華藝術文化學會會長、聖地牙哥華裔婦女聯盟會長、海外華文女作家協會2019-2020審核委員，著有「憂傷時買一束花」「儷人行」二書。）

自序

　　儘管年歲虛長，目光往前看的時候仍然居多，偶然觸景生情而回顧，感覺時光悠緩中，換轉了歲月，只餘如金小記，閃爍在過去。

　　除了之前已結集出版的「北美情長」「以誠交心」二書，這本「不完美的美好」，是自2010年至今，發表在中華日報、世界日報、海外華文女作協網站、以及北美華文作家網站文學期刊的寫作。

　　全書分成兩大部分：輯一詩文映畫、輯二流金歲月。

　　第一輯，以圖配寫短文或散文詩，呈現巧遇觸心亮眼景物的第一時機，靈光乍迸的直覺，照相記取斯景，隨後寫下斯時心境，承蒙華副羊憶玫主編青睞，予以發表，即便整理彙編的此刻，圖文映照，細細再讀，當時的況味，又翩然重現，也依然心動。

　　十多年前，晉身成為空巢族，走過子女的「戀愛季」，文思難免被他們的情愛波及，延伸寫成愛戀成雙、明試暗煉而期盼相守到老的系列詩文，而隨興寫的童趣，足見當時所拍照的情境，確實牽引出心底潛藏赤子之心的憨情，也為那片刻的童心做個存證。此外，對大自然的神奇，最有感於住了三十年的密西根冬季，那從也不曾屈折於凜冬的宇宙天地，雖然年年備受一波波酷寒風雪的肆虐，也仍堅忍強韌地挺持，迎來開春不老的青陵湖藍！俯仰其間，歲歲幸得平安，見證低谷總能被跨走過，並且生機盎然不息，堪稱個人親身沐受、領會的另類福數。

收錄於輯二的流金歲月，依內容分五節，有發自內心的真言，從閱讀、從觀察、從友朋以及上下兩代間的互動和學習，披露許多肺腑之言，皆歸屬於「生活」所教曉的智慧。

　　「生活」，可以是千篇一律，也可以是無意間，上了心、用了心的領悟，使心情因有所拾穗，日子便顯得不似平常的甚有滋味。

　　日子如常地運轉，猶沉浸在下一代成家、新添成員的喜悅中，終也難免「生之循環」的演變，面臨了上一代的相繼辭世，然而，情長的「親情」永不退色，只是換個方式，住進心裡某個角落，他們只是形體凋零，慈愛的精神，永不曾遠離逝去！

　　往往換個環境，便也轉換了心情，旅行，尤為首選。不論是親身經歷，或是行旅中，見識他人的遭逢與應變，都能使耳目一新，輕鬆狀態下，心神煥發，既識得旅中趣，旅遊的見聞，更時而演成日後聚會的話題，肢體也許勞累，假以時日調養，疲困也就漸消漸忘漸平，不知不覺，「旅心」卻又悄然浮現…。

　　凡走過，必留下足跡，生之旅程，亦然。因書寫，留下過往緣會的足跡，鴻爪也罷，雀足也好，都是循序而來又與時俱進的實錄，而既為實錄，就不盡完美，但俱為發生過的實事，不完美的獨特性，可不正是一種無法複製的「不完美的美好」？！

　　藉此彙集成書的機會，回顧了北美所來路，由伴隨外子的留學、獲學位、再輾轉美、加大學學界四十餘年，終也走到他為教學篇章寫下句點的時候，這本書，涵括有他教學夕陽無限好時節的諸多經歷。往後過隨心的自在日子，意味著有餘裕去旅遊與廣泛閱讀，多有機會和友朋、小輩互動，也期待以持續不斷的書寫，呈現另類的寫作風光。

二零一九年五月　寫於密西根州卡城

目　次
contents

|輯二|　　　　流　金　歲　月

不完美的美好

輯一

詩文映畫

不完美的美好

愛的世界

和風
輕輕拂過銀杏枝頭
小小大大的葉片
搧呀搧　　　搧出
大大小小的愛心
有的愛　　　滿盈過頂
有的愛　　　通天而出
有的愛　　　斜傾他人
有的愛　　　無法丈量
我的愛　你的愛　他的愛
愛的心胸有多大
世界就有多大

（中華日報副刊2019年4月14日）

不完美的美好

「汲水」行樂

　　「哎呀，怎麼等半天水還沒跑出來？快點，多用點力啊！」坐在倒扣鐵圈木桶上的男孩，對著不見水影的空桶子，一副「怎麼會這樣？」的架勢，明顯不耐煩地張臂揚聲吆喝著。

　　「不公平，我也要拉桿子啦，我有力氣，妳抱我上去，我會很用力把桿子拉下來的。」長髮束於兩頰邊側的小女孩，拉著大女孩手臂，嬌聲抗議。

　　「妳看，大哥哥都要跳上去才拉得到桿子，還要一上一下的跳著用力拉，到現在水都還出不來，很不容易的啦！」大女孩耐心比畫指示，又試著以合理解說去安撫小妹妹，如果驚動了大人過來查看，大家都別想玩這幫浦抽水的遊戲了。

　　「嘿！再看看水出來沒有？跳拉好多次了，手拉舉得好痠喲！」大男孩唯恐用力過大，桿子會打到頭，力道不夠，水又出不來，這玩意兒，可真沒想像中的容易！

　　陽光亮眼，流暢的空氣中，彷彿有童言童語的歡聲，這麼嘟嘟嚷嚷地浮泛著。

　　銅雕座落於密西根北部的麥肯納市（Mackinac　City），漾盈的「汲水童趣」，原就不需、也不必分語言、種族、或國度，很能博人一粲，正是「偷得的閒趣」最是有趣，而及時行樂的快樂，又特難忘記呢。

（中華副刊2011年7月29日）

不完美的美好

記得當時年紀小

書　看完半本
等不及要說給你聽

嘿　能有書裡的果園多好
芒果　龍眼　芭樂　楊桃　釋迦　葡萄　木瓜
我們可以選枝靠幹
又吃　又說　又唱

書中的迪斯耐樂園
說是兒童的天堂
米老鼠　唐老鴨　糊塗狗　白雪公主　虎克船長
又跳　又笑　又舞
多開心的小小世界

還有金髮白皮膚的美國人
住地毯洋房　開私人轎車
我們長大了一定要去看看
要不要勾勾手？
可不要讓後面的妹妹知道呀！

（中華副刊2014年7月7日）

不完美的美好

那個夏日午後

　　漫步在星加坡占地寬廣的國家植物園內，初遊的興奮情緒，沾染著對不曾見過熱帶植物的新奇，尤其是數量以及花種繁多的蘭花，有專司修剪的園丁們，勤快熟練地維護著，加上適景適地矗立的創意雕塑，林木高大，路徑蜿蜒，整體給我的感覺是：清且潔，美而靜。如果不是因為氣溫較高，戶外走得汗水直冒，熱得不由自主便往陰涼處停歇，否則無數的好景，真會把相機裡的記憶磁片照滿，如果能走在清晨太陽尚未露臉的公園裡，當個第一時間的遊客，那可真夠幸運的。

　　踱走上濃綠小徑，雙眼乍亮：

　　短髮小裙小女孩，蹲在淺水池中，專注觀看小胖手指掂著的一枚貝殼，一旁噴下的水泉，涓涓流入蔚滿布袋蓮和綠荷的池塘，眾多亮眼的山蘇長綠葉片，圈圍出一方夏日的清涼，傳送著不歇的律動…，景致親切，勾引出心頭那特屬於童年的記憶。

怎會不記得呢？放暑假的大熱天，趁大人忙家事或午睡時，偷偷和友伴們溜出門玩耍，有水、有樹的地方，最得大家的喜愛，捉蜻蜓、捕蝴蝶、黏黑蟬、抓小蝦和大肚魚、逗蝌蚪、灌蟋蟀…，曬得滿頭是汗，玩得滿臉通紅，黏貼頭皮的溼髮，只要一陣微風掠過，哇！汗溼得有夠涼快！咦！？太陽下，那閃閃發光的是甚麼寶貝？光著腳，高興的一腳踩進水塘中，哪顧得了濺溼衣裙，回家會挨罵？

　　「不睡午覺，又去哪裡玩了一身濕？暑假作業做完沒有？」伴著媽媽的責問，嬉笑賴皮聲中，換上乾爽衣裳，乖乖做作業，心裡可還是想著：養在玻璃瓶裡的蝌蚪，會不會變青蛙？拾來的那顆厚厚的碎玻璃，說不定是大人口中所說的鑽石？

　　一個塘中拾貝的小女孩，喚回多少留在記憶長河裡，一個沒有高科技童玩時代的兒時夏午夢！

（中華副刊2010年10月5日）

The Beauty of Imperfection

不完美的美好

和大人一樣

穿起媽媽的牛仔鞋
踢躂　　踢躂
這鞋好輕
這鞋好軟
我走得好快
像媽媽
這鞋　　好穿好穿

拿起姐姐的猴子書
快看　　快看
猴子躺著聽故事
倒在書庫後面看書
像貝貝
這書　　好看好看

嗄！你說甚麼！？
書沒拿正？
鞋不合穿？
才不是！
我穿著大鞋
我拿著書看
我和大人　一樣一樣

（中華副刊2014年3月16日）

不完美的美好

佇候潮水

浪潮　一波波襲來
來了歸去　去了復來
來去匆匆間
也沒忘記逗樂紅帽小女孩
波潮
方報然退下
旋鼓足餘勇
以跑百米的快速
翻滾匍匐進沙灘
女孩撩裳捲褲
恭迎

潮水　潛泳疾至
淹沒了幼白雙足
瞬息退去
哇～　呵　呵　呵
歡快旋身舞跳
清脆嬌笑
成串迸出
灑向
遼闊的海空

（中華副刊2017年11月30日）

後記：秋後的晴陽下午，臨太平洋的加州Crystal　cove　海岸，五
　　　歲的貝拉，與進退的潮水，自得其樂地嬉戲不歇，觀看手機
　　　錄影，甚樂，是以為記。

不完美的美好

2017　聖誕的許願

悄悄地　　聖塔（Santa）

讓我貼近你耳畔

輕輕地　　聖塔

讓我半遮半掩

口耳相對私語

只許你知我知

瞧！

凱蒂貓和搭檔們　　正在

眈眈注視　　細細竊聽

我最想要的聖誕禮物…

天機不可洩露啊！

你都記住了？

要不要

勾勾手再加蓋印章？

（中華副刊2017年12月24日）

附記：

小女孩，周歲時，才放上聖塔・克勞斯（Santa Claus）的胳、腿間，就放聲大哭；兩歲，仍無改進；三歲，不知所然，無可、無不可的愣坐；四歲，總算能隨鏡頭擺笑臉了；五歲的幼稚園生，不得了，把聖塔當成「老朋友」的信任，一老一少，圓熟vs.純真，表情真逗，兩人互動得活靈活現！

不完美的美好

親親，我的愛

笑對
肚腹上
複製的小我
但以無價的愛憐
迎你純稚的孺慕
聲息相通　其樂融融
我心連你心的情深
燦亮映對
圓滾飽盈的歡意
無限親暱的滿足
親親，我的寶貝
親親，我的愛

（中華副刊2019年5月11日）

不完美的美好

四非

　　暑夏，初訪舊金山午後的中國城，覺察街道的繁複、商家的豐盛，走不盡走、看不盡看的眼花撩亂，兩旁街道盡是擁擠的各色行人，照相的、買貨的、嘗鮮的、好奇的、瀏覽的⋯，外籍遊客很明顯的多過華人，見識這宣傳手冊上的「亞洲以外，最大、最早的中國城，是旅遊舊金山不可遺漏的一大景點」，也許，一個「滿」字，最可以表明我對她「物博、貨足、人多」的印象。

　　雜在遊客中，走著、看著，忽然前頭不再往前移動，許多人便在一條銅鑄長椅前緩緩的停了下來，並且自動排隊等待輪到自己時，馬上上場加入「猴陣」中，留下陪著抓耳撓腮、湊數作伴的趣照。

　　銅鑄長椅上的三隻銅猴子，表態各異，依次是：最左的，雙手捂嘴，鄰座的，雙手捂眼，然後空了個位置，最右邊的一隻，則雙手捂住雙耳。

　　迫不及待，填上空位的遊客，坐擺出各自模擬或憑自由想像的姿態，和猴伴們夥成一氣，十分寶裡寶氣的有趣，而不論是拍照的、或是被拍照的，連同附近排隊等待的、以及路過的，個個面露笑容，不時看得、扮得笑聲四起，哪管各色人種來自五湖四海八方或各國，「有趣」，在瞬息間，成了共通的語言。

　　坐著被拍的遊客，有伸展兩臂搭住兩旁猴子；也有轉身撫著猴膝，低頭探看捂眼猴；也有的左臂圈住捂耳猴，右手搭放猴

胸前，替牠收驚似的；或是甘脆學座上三隻猴子的其中一種姿態湊趣…，我心想，輪到我時，擺個輕鬆自在，雙手互抱胸前，伴坐「猴陣」中，是否會更加吻合眾遊客們有所不知、或者是一時沒想到的「非禮勿動」呢？

（中華副刊2010年11月6日）

按：「論語」中的「顏淵第十二」記載：顏淵請問孔子「克己復禮」的綱目？孔子回答：「非禮勿視、非禮勿聽、非禮勿言、非禮勿動」。

The Beauty of Imperfection

不完美的美好

牆上白貓

旅遊南京時，走在某廣場旁的公園，碰巧遇上這隻一躍上牆的白貓，拍得牠無意中呈現的獨特神態，由不得讓我樂出朵朵心花！

先不說此貓兩足向前並攏、尾巴環搭的乖巧，但看牠豎起淡粉紅的雙耳，眼睫低垂，無可、無不可地，表態十分自我，還帶有幾分「愧對他人、閉門思過」的味道，真不知牠何所思？何所憶？抑或根本就是無意識地偏首閉目以自憩？

哪管白牆年久失修，粉漆有多麼的斑駁，牠靜悄地把自己倚進牆頭的九十度空間裡，尾巴長又何妨？身後沒法擱，本能的往前搭靠腳面便是，唔！形成了這副循規蹈矩中，帶有幾分矜持、不怎愛搭理的模樣，乍看之下，可讓我這外地客，眼亮心喜地笑意漾然，忙不迭拍下眨眼間的珍貴，且做個有緣巧遇的見證。

（中華副刊2012年11月17日）

不完美的美好

高山奇石

　　登艾斯梯崆（Estes Cone）時，中途，遇見這麼一道讓人駐足的景致，嘆賞之餘，頻呼造化的不可思議。

　　艾斯梯「崆」，位處於科羅拉多州的落磯山，顧名思義，是一處岩石錯落、頑石嶙峋、而且最高頂峰，突陡高聳，有如倒立冰淇淋甜筒一般的登山道。

　　山道邊，乍見這麼一座吸引人的龐然，形似甚麼呀？以近乎四十五度的傾斜，馱負著層疊的厚重巨岩延伸上坡，光禿的野檜木幹，猶纏綿倚附石身，而松檜疊翠、遠山巒白的搭襯，怡心養目地，我不自禁哼起了兒歌「蝸牛背著那重重的殼呀，一步一步地往上爬」。

　　馱著重重的殼，不停息的仰望頂峰，可以是為了夢想、理想的追求；也可以是另種實幹、苦幹的任重；更可以是純粹出自另種甘心、情願的受託…。宛如芸芸眾生的生命之旅──有所展望、有所務實、有所忍受、也有所尋求…，一步一步地，走成了每個人不同的生命風景。

　　觀賞如此造化的神奇，滿心歡喜，它似乎滿載著天地間的祝福，努力去完成「等我爬上，它就成熟了」的最終點，如果巨石通靈，即使世事常不按理出牌，也寧願相信：這會是一樁如了初衷的歡喜因緣。

（「北美華文作協」出版──北美華文網站2014年1月號）

不完美的美好

山澗一瞥

　　登科州洛磯山的夢幻湖。

　　走過危石磊磊近山澗區，背山面陽處，乍見這似靜且動、融和了生機自然美的小景，一喜，宛如清涼透了心，忘卻渾身汗水的躁熱，趕忙拍下這幅當時心眼中，有如小家碧玉般的清幽，若題為「花白葉綠圍石繞，山泉泠泠石下流」，也大致不差。

　　花、石若有知，不經意地，竟為登山過客如我者，綻放舒心亮眼的清景，該是它們恣意迎陽敞懷於山壑間的外一章吧？

（中華副刊2012年8月29日）

不完美的美好

荷塘

　　雲影、天光伴隨冷杉，齊赴如鏡的水面邀約，以晃漾的清幽作為伴手禮，俯首甘願為滿塘的荷色當背襯，有心一同，共捕高山間的夏日風情！

　　渾如一帖天地間的巨幅畫布，布局愜意而自然，一揮手，便將水天並聯，加添上或聚或散的荷葉，調以深深淺淺的綠，這裡勾抹，那裡渲染，再加幾筆躍出塘面、趕來赴清宴似的黃荷，或含苞、或半放、或全開，姿影嫋嫋地，這端微頷，那頭嫣笑，妝點得荷澤氛圍脈脈，而塘底細石，可直視無礙的清澈，偶有游魚出沒荷葉間，更見水塘凝碧卻不乏生機的況味，直教人戀戀難以離去。

　　這是仲夏登科羅拉多州的洛磯山，取道熊湖（Bear Lake）途徑所探見的午後荷塘。

　　原始得清美而靜好，若讓已故的法國畫荷大師蒙涅（Claude Monet）訪兒，難不成也會心動得想騰出一個暑夏，紮營熊湖，畫出幾幅早上、正午、下午、晚間、甚至入夜，各具不同色調的荷畫傳世？

（中華副刊2011年9月29日）

不完美的美好

清晨的禮讚

撐起兩把
半遮蔭的綠傘
瞇眼伸腰
慵懶地向外窺探
喔　日光煦暖
禁不住誘惑
片片　層層
掀除外衣
欲語還休
欲語還休
但把唇瓣噘起
向陽光
呼吐
清晨的芬芳

（中華副刊2012年10月17日）

不完美的美好

鍾情的邂逅

暖陽曬影

篩出

光圓點點　絲葉纖纖

梢頭花苞，紛紛探頭迎逬

等不及了的一二

早早吐露芳姿

忽來彩蝶

飛上飛下　欲起還落

翩翩蝶舞中

驀地　斂翼豎立

繾綣花瓣絲蕊

纏綿復纏綿

吸吮復吸吮

譜出迷離翩躚後

鍾情的邂逅

（中華副刊2019年留下刊用，刊期未定月日）

不完美的美好

傾心的鵝黃

和風呀！別鬧！
請讓我輕輕地貼向她
悄悄告訴她一個
心底剛發芽的祕密
和風呀！別吹！
請讓我好好地湊近她
呼吐著陽光熱氣
吸納著姿雅清芬
戀戀地
附耳低聲說：
毋需自戀
毋庸照影
我已然被妳吸引

（中華副刊2011年8月18日）

不完美的美好

毋需完美

叢綠鼎護
相約迎陽舒敞
我倚枝小憩
你展容自在
綠意　把鮮清漫溢
安逸　將恬適寫盡
何需完美？
毋需完美！
深紅綴點的天意
最是
無法複製
一種
獨特的完美

（「北美華文作協」出版——北美華文網站2015年7月號）

不完美的美好

比翼雙飛

一枝獨秀，多麼孤單
並美成雙，才真快樂
繽紛花海
甚麼樣的巧緣啊！
雙雙邂逅得歡顏舒綻
妥貼地，花瓣輕挨著花瓣
照應地，碩長花房炯炯往外探
但以完美的田園默契
款款比肩，乘風展翼
翩翩迎向
無垠的蔚藍

（「北美華文作協」出版
——北美華文網站2014年11月號）

不完美的美好

觀「愛鳥」

綠蔭深處，飛來一雙繾綣「愛鳥」。

從陽光房的大窗望出去，牠倆情多意濃：時而以鳥喙且啄且親又互梳羽毛，時而以頸項交貼摩娑，眨眼間，又轉換個更舒服的位置，兩相互望進對方的黑眼珠裡，彷彿訴說：怎麼在你的眼中見到了我？你可也在我的眼中看見了你？純然一幅「我看你好順眼，你見我真英挺」，旁若無人又渾然忘我似的，雙雙站上高枝，全世界盡在牠們腳爪下的美麗。

和風，在樹梢微微地掀動綠葉，晴陽，由樹隙悄悄地灑下光影，尋得好地方卿卿我我的這對愛鳥，前後十來分鐘，你儂我儂得膠漆一般，情到深處，渾不知、也不覺，隔著玻璃窗，正有位「觀鳥者」的我，唯恐驚動了牠倆的親密好時光，屏息靜氣，以滿懷喜悅、幸運的心情，靜靜欣賞沐浴在愛的天地裡，好一雙兩相伴隨的情鳥世界。

（中華副刊2011年4月17日）

不完美的美好

我最愛的，是妳

嘿！妳想做甚麼啊？

要我忠實對妳俯首稱臣？或者示範拜倒在妳石榴裙下？妳輕捂我額頭，是嘉許我良善可教？或也想練騰空而過新招？我都可以一一奉陪，不怨不怒，只感覺好不幸運，因為，我最愛和妳作伴。

妳往前溜跑，我隨後追趕，猛地轉身，妳我相互纏繞、竊竊私語，一溜煙，妳再逃走，我又如影隨形跟蹤，怎能讓妳走啊，又怎捨得放妳走？因為，我最愛有妳作伴。

我甘願低首斂眉，讓妳君臨天下，妳走我跟，妳逃我追，將是永遠不會結束的遊戲，也將是永遠不會結束的跟定，只因為，我最愛的，是妳。

後記：仲夏遊加拿大的尼加拉瓜大瀑布國家公園，趣觀毛色不同的兩隻松鼠，大樹下，相互追逐不停，越過草坪，曲徑道上，仍然戲耍不歇，快門按下，留得兩松鼠有若兩小無猜的濃情蜜意。

（中華副刊2011年2月7日）

不完美的美好

只為一個「情」字

　　大眼姑娘，怎麼啦？我甚麼地方又惹妳不高興了？

　　天這麼藍，陽光這麼燦爛，大片花園裡，有我忠心耿耿的守著妳，護著妳，這麼個大晴天，好端端的，可妳怎麼忽然間就變了天，心情不好了？是佯裝薄嗔？或是想起某件事，忽覺可惱？也或者只因為心底忽然生出不平之氣？我真不懂耶！

　　好吧，就算我不對，都是我不好，不該莫名其妙的惹妳生氣，雖然我挺喜歡妳平常活潑俏麗的嬌憨，可妳那生氣的模樣，說真格的，也超可愛的呢！不管如何，我先跟妳陪個禮，有話好說，妳就別生氣了好嗎？

後記：春假遊佛州的狄斯耐樂園，正巧逢上為期兩周的花展，眾花
　　　卉以「數大為美」的聲勢，迎春招展於EPCO走迷宮似的寬
　　　廣會場，這維妙維肖又頗具創意的卡通造景，逗引出來來往
　　　往遊客們的興味笑容，也跳進了眾相機的記憶庫裡，從此嘆
　　　情永駐。

（中華副刊2011年5月19日）

不完美的美好

朦朧透喜悅

晨霧

籠罩寰宇　如夢似幻

飄逸著輕紗，踟躕地

欲散還留

遠列

淨白的尊重　三倆結伴

近現

柔美的奔放　成群祝福

就這麼

迤邐　佇候　引頸　翹首

青石坂路的情意綿長

一逕朝結綵涼亭延伸

實地見證

朦朧收盡之後　一場

愛情告白的白紗婚禮

（中華副刊2019年留下刊用，刊期未定月日）

不完美的美好

情旅

協力車上你和我
你掌龍頭
我踩踏板
風忽忽　　景悠悠
同步腳力多酣暢

協力車上你和我
你居前引薦
我隨後攝影
風忽忽　　景悠悠
成雙地影也搭擋

協力車上你和我
你引吭歡聲
我唱和輕快
風忽忽　　景悠悠
情義路上譜同心

（中華副刊2012年4月19日）

不完美的美好

最佳拍檔

緣起於佛羅里達

我們相遇、相約一起成長

飽嘗有

雨驟風狂　暗夜無星的磨練

也沐受

晴陽麗月　雲淡風輕的舒坦

常靜觀

潮浪　禽鳥　風箏　浪板　布帆　飛船

衍生出海邊無數的人間風景

但以婆娑羽葉，迎向

日升日落

更以堅實身幹，恭候

季節嬗遞

白沙上、石缽邊

雙雙長年包容合契的夥伴

互許成守望大西洋的最佳拍檔

（中華副刊2011年6月19日）

不完美的美好

把話

粼粼流水　悠悠歲月
悠白了頂上髮絲
流走了彈指韶光
卻流不走　也忘不了
屬於你我
共有的史記

也還記得
交往時的青春羞赧
清朗 vs. 嬌婉
我們年輕　純真

成家時的異地打拼
夢想 vs. 實際
我們勤奮　儉省

子女報到後的倥傯
忙累 vs. 波折
無我　無暇　無夢
日子不再像一向的日子
直到空巢
返璞歸真後的淡定喜悅
旋來了父母老逝的神傷
黯然　悟然　坦然
有涯的同船撐渡
彼此珍惜啊！

（中華副刊2015年1月8日）

不完美的美好

冉冉秋色

　　菊花容易栽種，逢春冒嫩芽、嫩葉時，花鑱連根帶葉挖起，易地埋種，夏末秋初，結出大量花蕾，足量的施肥下，有的花種，比如小雪球菊，等不及秋涼，便已早早吐露姿容，稍後，只需剪除萎謝的花球，就又會隨其他各種秋菊，相約趕集似地，繼長夏的玫瑰之後，成團成叢，沛然綴點在北美密西根卡城每家的門前、窗下、籬旁，無言，但以經霜的冷麗，昭顯秋葉以外，秋顏的芳美。

　　年年隨興扦插繁殖，不同品種花色的菊花，入秋時分，便先後沿車道、入門小徑、再延伸向拱門式落地長窗前，清雅迤邐地綻放，深淺不一的各色和諧中，橡樹下的鵝黃菊，獨步群芳，嫩鮮的色彩，直如逼眼的青春，怎有可能視而不見？

　　冉冉的富麗秋光裡，逢晴藍氣爽的當時，最沒忘記抬眼觀賞燦耀的秋葉，低眉欣看繽紛的秋菊，記取及時的美麗，只因北美五大湖區的季候多變化，好景不會常在，幾陣秋風伴隨秋雨，連接數日下來，無論彩葉抑或秋菊，都將迅如過眼的雲煙，萎成了滿地的憔悴嘆息！

（中華副刊2013年11月15日）

不完美的美好

堅忍不拔

躲避寒冬這匹「大野狼」的肆虐
暫且喬裝成「小白帽」姑娘
頂覆　身披
沉重的冰白
頷首　斂眉
沉思脈脈
鵠候默默
知否　知否
只因平郊獨立
但待雪霽天晴
誓將昂展不凋的常綠

（中華副刊2012年2月15日）

不完美的美好

初晨

雪後的清晨
靜　輕　悄
偃然無息
浸沉在
天地白茫的冰凜
天寒境清
千樹皆睡我獨醒
不再慢跑
但踽踽獨步
彳亍地
且為黑白的寰宇
壓出雪印滾邊的冷麗

（中華副刊2014年2月10日）

不完美的美好

清景無邊

好一幅霧濛濛，雪茫茫，朦朧天地間的一片冰清冷麗！

經過長夜的低溫凍寒，清晨的戶外，境清直比月娥的廣寒宮：厚厚的寒霜，摻著幼細雪粉，大無畏、也大無私地從天而降，勻稱覆蓋著槎枒高枝，也灑遍遠近所有矗立的蛋圓、尖圓、團圓、扇圓的不知名冬樹和矮叢，粉妝得清美無垠，又色勻得無需補妝，沒有大雪壓枝、不勝負荷的隆冬「濃抹」，只是朦朧麗景的寒冬「淡妝」。

不凍的湖面，舔化了寒霜，又吻融了雪粉，寧和地將它們一一還原成水，純然無聲而滿足的包涵，謙實靜悄地歡迎湖畔鄰居們隨時照影。

不知何時，遠方透出一輪光圓，恰如其位地點綴著畫面，是未落的十五圓月？抑或是初昇的晚起朝陽？你，真能夠確定？

（中華副刊2011年2月26日）

不完美的美好

寒冬裡的野雁

　　寒冷的密西根雪天，舍下氣溫計的標記，只標到攝氏零下十度是極限，指標針，卻在冷得超過零下十度的豎格後，就再也沒豎格可指、也指不出數字的往左打橫成水平線了。

　　穿得厚實，羊毛襪加羊毛長靴，走在靜無人聲的密倫公園，雪花，漫天飛舞，矮叢、高樹無不披上一身白，披不了、擋不住的，全又不停飄落了地，大地，但以無邊的母性，包容著綿密的積雪，一向潺緩的湖泊溪流，早已涵受不住無盡的飛雪寒凍，凝結成薄冰，安靜冬眠去了。

　　輕悄，是落雪的聲音；靜逸，是雪景的魅力，穿戴妥當的我，沐走在飄雪的公園中，心情沉浸於安和靜好裡，驀地，瞥見兩隻不曾南飛的加拿大野雁，兩相伴隨，朝向溪水湖畔的紅松，蹣跚移步於雪地。

　　難道是地球暖化的效應，讓兩隻野雁迷失了特有的氣候意識，不曾追隨雁群於深秋南飛？抑或是不小心離群、迷途了的兩隻脫隊愛侶，意圖在白茫天地間，尋找湖泊停棲？天寒地凍，覓食多麼不易！快快拍下邂逅的野地雙雁，心裡明白：此景可遇不可求，即使迅速取來食物餵食，兩雁恐已移足、飛往他處去了！

（中華副刊2018年2月20日）

不完美的美好

蛇冬的尾巴

北極暴風雪，於元旦過後，寒風夾帶冰雪，橫掃美中西部、東北部。

時值元月第二周，也是密州卡城學期開學的第一天，安全起見，各機關、大中小學，關閉一天。第二日，雪下逾膝，再放第二個snow day，單位數字的華氏零下溫度，加上刺骨冷風，氣象報導：有如零下45度。外子的眼鏡，有一邊的鏡片，居然在走出車庫時，自動脫落，白茫深厚的積雪裡，從何找起？

老友B，開著本田的大型休旅車，轉彎時，路滑，被另一部失控的來車撞上，打滑、旋轉、飛斜老遠才停住，兩個彈出的安全袋，及時保護了他，僅受擦傷，卻飽受驚嚇，車，自是撞毀了。

以為雪停後，天該晴朗了吧？不是的，晴天難得，連續多日陰霾後，接二連三的風雪冷氣團，湊興似的，一個也沒少，全都掃過美中西部，蛇年的冬天，尾巴真夠長啊。

積雪不斷，有了屋頂被壓坍的當地新聞，我們趕緊拿長鏟，直搗屋簷厚雪，沒想到上雪下冰，冰又黏簷，很難將「雪壓冰」掃請下來，至於開車出入車庫的車道，每年簽約請專人除雪，大凡積雪超過2吋，他們便開鏟雪車來除雪，也按鏟雪的次數付費，今年鏟雪的次數，已是往年的倍數。朋友L，他料準了這個冬季雪量豐厚，去歲秋末冬初時，早早挑選按「季」付費的合約，果然神算的划算！

緊隨第四個周末的暴風雪後，雪多路滑，周一，卡城的大、中、小學，又放了第三個snow day，而橫貫密州東西的94號高速公路，兩部20輪運貨大卡車失控撞上，連環車禍造成三亡、十多人受傷，往來雙線道停滯的車隊，長達數哩，公路也因此關閉了四、五個小時。

　　由於整個周末沒出門，周一門口探信時，發現鏟雪車把地面積雪，全鏟向街道兩旁，堆起如小山一般，導致面街的五呎直立郵箱，已無法從背後看見，而附近鄰居的郵箱，也悉數遭了覆頂的淹埋，家家不約而同拿鏟努力把郵箱「拯救」──從冰山前方挖出信箱口露面，也算白茫的社區裡，別有洞天的特殊景觀。

　　無需涉足的後院，則一片晶瑩，唯有松鼠的輕功了得，挺著蓬鬆尾巴，在松與楓之間，輕盈飛馳又竄爬的覓食，平白的雪地，因此劃出多道淺溝；結群過冬的知更鳥，更鼓著黃褐的腹部，在山楂樹的枝椏間，啄食留枝的小果子，有時，多隻紅雀鳥也來光顧啄果，如此的靈動，為冰雪的寒天，捎來戶外生機，雖然費城土撥鼠菲爾於2014年的groundhog day，看見了自己的影子，預測冬天還有三星期的直到三月中旬，畢竟，春的腳步，也該不遠了。

（「北美華文作協」出版──
北美華文網站2014年5月號電子報）

不完美的美好

The Beauty of Imperfection

不完美的美好

冰碎的湖面

　　冬日將盡時節，碎化了冰的密西根湖，逢上難得的晴陽夕
照，滿湖碎裂的冰片間，綴襯以倒映著藍天的天藍湖水，幾隻脫
隊的加拿大野雁，沐受淡金的斜暉，緩步冰面，或俯或昂，各有
所巡？抑或各有所尋？如果忽略過明顯的冰裂規則線條，藍水恰
似藍天，雲紋白冰有若雲朵，野雁漫步冰上，是否也有幾分像走
遊在藍天白雲之上的「天之嬌雁」？

（中華副刊2012年3月1日）

不完美的美好

輯二

流金歲月

The Beauty of Imperfection

真言

從閱讀、從觀察、從朋友、以及上下兩代間的互動學習，許多肺腑之言，披露於篇章中，該算是「生活」所教曉的「智慧」吧？

「媽媽」模式

　　早餐桌上，不經意瞥見報刊下角的一小方快照特寫（snap shot），標題為「需要多少字，才可以把重點講明？」

　　一百四十六年前，林肯以272字向民眾講了「蓋茲堡演說」，用1,458字發表「獨立宣言」，而如今美國國會提出的「健保」方案，花了400,000字。

　　這小幅特寫，除了三項統計文字以外，還畫有戴著高筒黑禮帽、領結與禮服、象徵留鬍髭的林肯，一張半開的「獨立宣言」卷軸，以及淹沉在層層疊疊紙張中的白宮。

　　以區區二點五吋見方的版面，清清楚楚表達了一個主題，其簡潔扼要又一目了然，真是言簡意賅的實際典範！

　　又曾在「悠吐」（You Tube）上，看過一齣脫口秀：「你媽都說些什麼？」

　　一位體態略顯厚重的中年女子，以連珠砲口氣，不歇的交代子女當日瑣事流程，語多話急又容不得插口，十足機關槍掃射的架式，渾然一幅職業婦女既忙且急，趕在有限時間作無限公私事的樣本，那麼，爸爸呢？他又都說些什麼？這位中年女子在台上踱了踱，換以神閒氣定身態，一字一句，鏗鏘有力地說：「問你媽去！」

　　整齣秀，的確只聽清楚了最後的那句「問你媽去」，其他則因語音轟轟然，全不知所云。笑話歸笑話，這個盡責的「媽媽模式」——惟恐有所遺漏或不放心的一再囑咐又重複要點，其

實，和長篇大論的效果豈不有點相近？

當然，健保方案涉及條例解說，難免用字較多，又要顧及解讀是否容易、避免可能引起的誤解，且要概括各層各類情況⋯，真不容易！然而文稿字數繁多，只有在稿費以字計酬時，才會占上鋒，否則，方案條例若不精簡扼要，光是翻前顧後找尋相關呼應的論點，幾個回合翻下來，怕不都要昏頭脹腦了？篇章一旦冗長，難免顧此失彼的易現漏洞，其中可再斟酌修改的餘地也多，有時還為了能如期完成，更會因急促而少點從容的氣度，繁複的文章因此而減色、減分也很自然。

由這兩樁日常閱讀偶見，引發我個人一些感想：

嘈嘈切切的「媽媽經」，有時反倒不如爸爸惜言如金的一句「問妳媽去」聽得明白有效，果然，短妙淺白造成印象深刻，最能強而有力貫穿人心耳膜！

其實，語多話急、難忍的重複重點，又恐怕子女漏聽或心不在焉而再三囑咐，不自覺掉入這個「媽媽模式」的窠臼，是否也有大半是拜了「惜言如金」的爸爸的造就？如果爸爸多能幫忙分擔父母教養職責，媽媽也好歇歇口、養養神呢。

「媽媽經」並不怎麼好念，天生的母性，如果親子之道屬鉅細靡遺型，可能演發成長篇大論式的關愛，就彷彿鋪天蓋地的一張大網，恢恢罩下，可以想像底端避之唯恐不及的表態⋯。學做個聰慧有主意、能識時務而自制母性的媽媽，看來確是樁了不得的功課。

（中華日報副刊2010年1月27日）

「三明治」的空間

　　有幸分別隸屬於兩組各有十幾二十位不同成員所組成的朋友會，每個月總有一次聚餐，配合大家的方便，常訂在不同週期碰面，最近，在同一週裡，居然只隔兩天，先後參加了這兩組聚會，才發覺自己非常的「三明治」。

　　A組聚餐的成員，大多是半百年紀以下的「媽媽級」，子女的年齡，分別從幼稚園、小學、中學、大學到研究所，舉凡孩子們的各種課外學習活動以及好老師的推薦、獎學金的申請、如何進好學校的條件和訣竅、孩子就學學校的新動態、子女成長各階段的不同態度、父母的前來探親小住⋯，大家相熟，都很踴躍參與談話，或熱心提供建議，或不吝於表示意見，難免也說點親身經驗的我，夾雜在活力十足、喧騰滾滾的聲浪中，看見了自己的「過去」。

　　兩天後，參加B組聚餐。

　　近乎九成已進入「古來稀」的退休朋友們，平和談著旅遊精彩見聞、將舉行的文教活動和地點、關心彼此成年子女的近況、傳閱孫子女淘氣近照、也或者相互討教各人對付病痛、就醫和用藥經驗⋯。我既未升格成「祖」字輩，外子也仍在職任教，自是聆聽的時候居多，耳聞年長朋友們獨到的慧見和感觸，諸如：「到了一個年紀，只有吃得進肚子的，才算是你的」、「日本海嘯、地震，導致核電廠爆炸，醫療、救護不夠配用的情況下，只好選擇放棄老人院的老人們」、「正值婚齡的成年子女，

有交往對象時，有些話要忍口、不能多說，成家後更要知道閉口、不能多問」…，話語中，難掩身住北美隱約的落寞，還要懂得當個識大體的長輩，雖然我忝為他們所戲稱的「有點年紀的年輕人」，無可避免的，不也正朝著此般人生軌道排隊邁進？在熟識的老友們並不隱諱的心態和言論裡，我預見了自己不久的「未來」。

　　既然回不了「過去」，又無法先過「未來」，只能「活在當下」。

　　每年排日期回台短住，探候情況尚稱穩定的高齡老母親，再依需要，小訪外地的成年子女，顧完親情大綱，以比較無愧的心境，善待自己，兼顧旅遊之餘，腳踏實地做喜歡做的事。處在兩代之間的空巢「當下生活」，空間的伸縮性，其實多少取決於壽高的父母是否需要諸多照護。

　　生來排行居中，早已習慣於上有兄姐，下有弟妹的自在，不經意地，結交有兩組不同年齡的朋友，也許是本性裡的自然而然吧。老少咸宜的「三明治」，就像兩旁都有鄰居的住屋，相互避風擋雨，具備有伴有靠的安全感，也希望人世間的新舊輪轉交替下，演成為兩代朋友間的「三明治」族，至少，不必愁有朝一日「老友盡去」的孤單。

（中華副刊2011年9月5日）

三日現真章

偶然的機會，和一位EQ有相當水準的資深經理進餐，他目前在全美前五名的一家知名商業管理顧問公司任職。我請問這位子輩，以他的經驗，在商業氣候多變化的顧問公司做了十多年，可還會有感覺比較棘手、不容易掌控的事？

他想了想，很坦實的回答：人際關係。

我聽了不免有點意外。

他的舉止謙誠，人也機靈，身負多層職責，舉凡企案演賣、經濟預算、技術應用、作業進度、突生枝節、員工岔錯…，承擔這麼多繁複角色裡，處事的難度，怎麼會以最抽象的人際關係掛帥？當然，這人際，包括了與客戶、上司、同事、屬下，還有忙碌時，自己無法兼顧與家人的親密關係。

公務人際已如此不易，日常人際，恐怕還多奧妙，曾聽聞，面對一個情緒化的人，不和他同時情緒化；對一件情緒化的事，不要以情緒化去處理，算是高招之計。

但，往往說得容易做時難，就以成人人際最本位的「家」來說，為人父母的，恐怕都會同意：與不常見面的離巢成年子女，短期相處還好，長時期相處，就大有學問。

班傑明‧富蘭克林有句名言：客人，就像魚一樣，三天過後開始生出味道。（Guests, like fish, begin to smell after three days.）三天蜜月過後，賓客真實的自我本性悄悄昭露，如果感情不夠深厚，人際關係的試測，於是開始。

不完美的美好

心念親情的愛心父母，多所體諒也疼惜平常見面不易的子女們，離家在外求學或上班、加班辛苦又餐飲不定，難得有假回家，務必讓他們多睡點、多做點他們喜歡的美食，而子女成熟也識時務的多少會幫忙、分擔點家事，一方閒話家常，另方聊聊在外生活和工作狀況或課業交友情形，有來有往的互動，也尊重彼此作息，假期無論長短，都只感覺快得一晃而逝。

　　難就難在「相見歡」後數日，雙方多不自覺旋回往日未離家前時光，隨意的言行，隨興的進出，新養成的陌生作息，林林總總的不經意中，偶也會讓一方心泛不悅。放出去的鳥兒，再回籠時，雖是同一隻鳥，牠的心態、牠的眼界、牠的飛技，恐怕都已不是當初那隻鳥兒了，而父母鳥簡化了的空巢生活，有的自尋也自得其樂，也或者思想、心境因親友的老病凋零多少有所轉變，又哪會是在外的子女一向所熟知的父母？彼此會生出陌生感，意味著雙方都需要再認識、再調整、再溝通，也才好適應共處。

　　那麼，請聽幾位空巢友人對回巢子女的打趣：「不見面，會想念；見了面，又討厭」，盡在不言中的感喟，相信過來人都能會心一笑。自動會幫忙的子女，是永遠的家人，偶然的突兀言語、凸槌行為，原就該寬愛包容放行；回家等服侍的公主、少爺，如果請幫忙把掃落葉或洗碗吸塵，幾經拖延而草草了事，無可奈何的面容，寫明著希望回家輕鬆卻得服勞役的不耐，真該把他們當客人般客氣對待，等到「客」去「主」安樂，也是皆大歡喜的良策。

（中華副刊2011年1月18日）

笑臉的必要

　　回台伴母的暑熱裡，忘了因何事不開心而臉色不悅，老媽媽拄杖走近，忽地伸出食指，橫勾起我的下巴，朝上托了托，我不禁噗哧緩頰笑開，甚麼樣的幽默哪！滿頭銀灰髮的老媽媽，竟會出其不意的娛樂起她心目中，長不大的三女兒──老是臉面藏不住心事的直接！

　　生長在台灣光復後的年代，即使物資普遍缺乏，相信大夥兒對香甜的芝麻蕉、懲罰用的竹籐條，都不會陌生。

　　那時候，年輕忙碌、有七個子女的媽媽，曾教過我唱一首兒歌：

　　爸爸回來了，對我微微笑，慢慢拿出來，一掛芝麻蕉，弟弟妹妹看見都歡歡喜喜笑。

　　爸爸回來了，不見微微笑，慢慢拿出來，一支竹籐條，弟弟妹妹看見都趕緊逃跑了。

　　不同歌詞、同一歌調的重複兩遍，配上媽媽口語式的教唱，至今都還牢牢記得，也因為歌詞有趣，學唱得哈哈大笑中，懂得了「察言觀色」的意義，畢竟乖巧、識時務的小孩，在子女眾多的家庭裡，比較能自保、也討喜些，而父母的笑臉，又是稚齡子女多麼期待、感覺安心的面容。

　　走過時光，也走明白了生就一張笑臉占有的優勢，以及練就一張笑臉的必要，其魔力難擋，其魅力無邊，歡展笑顏足以傾君、傾城、傾國的史實，已遙遠難見，最近讀了第十二任副總統

蕭萬長先生的「微笑的力量」，就是「笑臉」比較容易辦成政府、民間大小事的最佳見證。

朋友Ｈ，笑稱情緒化的自己，不夠笑臉，常會有「烏面」的時候，大概也讓周邊的人，不太好受吧？說來輕鬆，卻帶有幾分罪過似的意味，嘿，那不就是我的一面鏡子嗎？內心遭挫，不自覺臉呈烏暗，罪過哪！

西哲有云：「一張不會發笑的臉，好比一朵從不開花的蓓蕾，連支撐它的莖，都要沒精打采了」，更何況是很難讓人親近、不願親近、也不想親近的「烏暗臉」？走下職場後，家居便不太自制於喜怒哀樂，但憑情緒的自在紓解，喜樂的喧染，也就罷了，只不曾認真想過：負面的怨懟忿氣，會污染氛圍，讓家人遭殃，連帶影響他們的心情和生活，如此「自我」地對待家人，不也有幾分自私？

聽音樂、出門溜狗、散步、整理花園或果菜園、逛看百貨公司，甚至旅行⋯，專家教人轉移負面情緒的點子真多，於我，最簡單的開解，不過是拿出紙、筆，記下也發洩心中不快，或者電腦書寫，刪、改、加、減的痛快，最是操之在己的快速宣洩！氣怒文章可長可短，但需收藏隱密，絕不示人，氣消心平後，記得換上笑臉見人，悅如春風拂過，任誰都喜歡，還會反射回笑臉哩。

（中華副刊2013年12月27日）

是個孫女

電話裡，J的聲音不無帶點憾意：「妳知道嗎？EG明年得的會是個孫女！」

我馬上接話：「那很好啊，國外生活，當媽媽的，都需要很獨立，遠離親人寂寞時，能有個體貼女兒，幫點小忙，談談心事，多好。」電話掛後，心裡想著我還遺漏了一句話：如果以後再添個弟或妹，媽媽還會慶幸身邊有個可愛小幫手！

所言不假，全是我親身走過的肺腑之言。

也仍然記得當年初次懷孕時的謹慎心態，因對孕育所知不多，多少難免會有憂慮的時候，異國的十個月待產，直到超過預產期兩周的嬰兒平安出生，林林總總的不適，到末期竟有「撐度」的感覺。全無經驗的新手媽媽，展讀遠方公公「以後都是女人世界」的家信，心情大受影響的沖淡了初為人母的喜悅，凝視臂彎裡好不容易才哄睡的女兒，我雙眼含淚。

那時，外子曾安慰我，「我父親是開玩笑的啦！」然而，對一個年輕、滿懷美景才升格當媽媽的人，這份玩笑賀詞雖獨特，可也滿難消受的。

老人家「只有兒子才算數」的觀念，希望添孫子而非添孫女的心態，我也可以理解，但作為一個當時經濟拮据的留學生妻子，一個遠離親人的「新手媽媽」，產後失血過多而住院七日，出院後必須一切自理自助，親長的關懷與鼓勵，恐怕才是旱後的及時雨。

當時，凡事採輕描淡寫的外子，對夫家一向報喜不報憂，也許才會讓夫家以為：年輕媳婦都已經順產，還會有甚麼問題呢？轉而開個無心的玩笑吧？幸好還有就近的幾位朋友們，尤其是Host Family梭特夫婦，在我出院當日，特地攜來一籃親手做的營養餐點，慈愛關照身體的復原，不妨礙哺餵只作了短暫停留，那種溫暖和煦的體貼愛護，讓我永遠銘記心懷，日後遇有同樣情形的朋友，梭特夫婦的行止，便成了我依循的典範。

　　又一日，有事電詢EG的意見，臨收線時，他忽然對我聲明：「順便告訴妳，已經照出是孫女，不是孫子。」我也重說了一遍之前對 J 所說過的話語，EG的語氣，聽起來開心許多的反問：「這大概都是妳的親身經驗囉？」

　　沒錯。北美生養大的女兒，從小善體人意，很會適時幫忙，懂事後，個性獨立能幹的她，能聽我說心事，還懂得以西方社會的觀念來開解的替我打氣，像個好妹妹。

　　個性寬厚又良善的EG，我相信他會是個溫和得緣的好公公、一個孫女會喜歡繞膝承歡的好爺爺。

（世界日報2011年1月8日）

弄孫手記

睡眠

　　睡夢中，彷彿聽有咿呀兒語聲，猛地一驚，抬眼望見床頭几案上，監控器的藍白螢幕上，爬動的小人兒，正抓扶小床欄杆，搖晃即將起身，這下睡意全消，一骨碌掀被下床，且不忘捲舌撮口、輕輕發出「答答…」的聲響，趕進育嬰房，黑暗中，小人兒已站扶著床欄杆，聞「答答」聲而轉頭看我，又唯恐嚇著她，我以食指按唇，撮聲「噓」「噓」走近，小人兒亦如白日相處時的模仿回應，竟然也以「噓」聲相答，扁著僅兩顆乳牙的小嘴，雖不像白天那般，噓我臉不少口水，卻更像水快煮開的口哨壺，噓嘶有聲，而座鐘的紅色數字，顯示差六分五點鐘，小人兒又當早起的鳥兒啦！

　　間歇發出不知是「嗯」或「哼」的聲音，張眼清醒的笑臉，一付「睡夠了，可以下床玩了吧？」的意味，那怎行？太早啦，謹遵小人兒乃母出差前的交代：暖瓶奶，喝完可再哄她睡一個半小時的回籠覺。

　　是啦，雖被推成了上一代，也猶有印象：嬰兒多睡點，會長得快。臨時暫當保母，最好遵守約定，照章行事便好。

娛樂

　　「貝拉」，來「拍拍手」「點點頭」「握握手」，這樣子握拳作「恭喜，恭喜」，「薄、薄、播」怎麼比？「耳朵在哪

裡」？「跟外婆『飛』一個，說『擺擺』」……，施展渾身解數又極盡娛樂的能事，忙不迭做著示範，只貪求小人兒，肯咧嘴賞個笑臉、能學我依樣畫葫蘆，便也開心無限，若聽得不知所云的嗚哇乳語，那簡直順耳得如聞天籟，小小的、簡單的、人之初的交流，都成了我的「弄孫樂」。

「扣兜、扣兜，騎馬馬」外子高舉貝拉過頭，再騎坐雙肩上，握緊小人兒的背軀往前靠，邊小步跑動，邊小聲哼唱。嘿！那不就是三十五年前，小人兒的媽媽「高檔騎馬」、一幕「昨日重現」的再版嗎？出差回來的女兒，笑稱她還有印象、還記得呢，我糗他：「大教授，你這匹老馬還跑得動啊？」

想起魯迅紀念館正堂懸掛的名言：「橫眉冷看千夫指，俯首甘為孺子牛」，這位在系裡坐著一把「椅子」（chair professor）的資深教授，豈止自願讓外孫女當馬騎？還曾經「甘為孺子牛」的趴地毯上當牛，讓已成家的兩子女，小時騎得不亦樂乎！

五十步笑百步

移去咖啡桌，大幅床罩鋪地毯上，再搬來四隻軟絨圓椅凳，擋在電視機和壁爐前，找出色彩鮮豔的紙扇、小布偶、軟布圖畫書，擺放中間，連同靠牆成L形的長排沙發，布署成安全活動堡壘……，井然的家居，頓時颳起大風吹，變成嬰兒爬動場，「相機的電池充好電沒？」「打泥的蘋果、酪梨、胡蘿蔔和雞胸肉都買了？是買有機的？」自問自答，忙個不停，因為，到處爬的小貝拉，要隨父母回巢來啦！

回想隔街鄰居薇瑪，許多年前，為了住同城的孫子、孫女

常回來玩，兩老特地在後院架設秋千、安置活動泳池，買來呼拉圈、棒球、足球，草坪上與孫輪番玩樂，隨孫子的成長，還特地買鐵桿、籃板、水泥，把籃球架穩當樹立於門旁的車道側，陪孫一起灌籃、打籃球，當時，我心想：怎麼啦？子女長成婚嫁後，還回頭在空巢裡，打造孩童遊樂園？都快到退休年齡了欸！

「安，陪孫玩，返老還童，順便讓身體活動，這是我們祖孫共有的快樂記憶。」薇瑪曾經這麼對我解說。

去年，我第一次當上外婆，薇瑪寄來的賀卡，寫的是「When you have grandkids, you will be kids all over again！」誠哉斯言，瞧我一付「小人兒至上」、現代版「老萊子娛『孫』」所為，較諸薇瑪當年，也不過「五十步笑百步」而已，原來，上演的「孝孫」記，中外並無二致，尤其是，兩對門鄰居作了二十多年的薇瑪和我，恆真！

（中華副刊　2013年3月12日）

感情路上

貝拉

　　兩個月不見小貝拉，一歲六個月的外孫女，明顯的長高了許多，穿著她爸爸出差買回的柑橘色無袖小洋裝，搭配著同色緊身長褲，襯得肌膚水嫩、粉嫩的，像只亮眼的水蜜桃，好不吸引人！蹲身兒語過後，兜抱在懷裡，沉沉的，軟柔得還挺有份量呢。

　　才進外婆家門，就逕往客廳咖啡桌走去，迫不及待捧起鏤空藤籃，把內中過年裝果盤待客用的小金豬、凱蒂貓、紅炮仗，一一拿出，又一一擺進，拿起小金豬，小嘴噘出「oing oing」，對著凱蒂貓，叫聲「喵　喵」，忙玩不歇，一如八九個月，會爬、會站時，女兒一家回來，才放貝拉下地，她馬上自動爬向客廳咖啡桌去尋找藤籃，手扶著桌沿站立，倒出籃中物，或玩或往嘴裡放，對鏤空藤籃，簡直熟悉得有如久違的舊識，回回如此，難道嬰幼兒很早便有記憶力？或者接觸單純，容易記得外婆家的特殊「玩具」？又或者已懂得對「藤籃」產生有特別的感情？雖不確知原因，卻也不可小看小小人兒的「意識情結」呢。

面子

　　住異域小城，大體上，算是寂寞的，如果還要「害羞」、「矜持」、或「愛臉」的計較著：久沒聯繫，電話誰先打來的？電郵問好，誰先寄出的？社交場合，誰先走向他人寒暄？鬧不愉快時，又是誰先向對方示好？……那肯定就會更寂寞了。

凡此種種的矜持，似乎潛意識裡，感覺此舉攸關顏面，等待被接洽，比較有面子，若先主動，就虧了，「面子」還真懂得教人忍受寂寞哩。

獨立特行、才識俱佳的L，喜歡主動先聯繫意欲交往的友伴，安排時間，善於製造機會，啟頭作雙向交流。交情或友情的深淺，固然以「投緣」為本，但經過聯誼，L的接觸面廣泛，曾引出多次意外的驚喜後續，小城住了三十來年，直到搬離，L一直人緣鼎盛，寂寞？好像不易與她沾上邊。

感情路上，有心觀察一般情侶的吵架，又甚為有趣。

但凡願意先示好、有溝通，早點言歸於和，不給感情持續受傷的機會，情侶的快樂也提早恢復；如果愛顏面，暗中指望對方先有行動表示，等待又等待、整人又磨人，強忍著「被動」的折騰，快樂就好比「大旱之望雲霓」——可望而不可及矣。

常言「快樂的人，並不在於擁有的多，而在於計較的少」，真要斤斤計較誰先跨出第一步，「快樂」豈不只好慢慢等到心目中的「水到渠成」時機，才能「有面子」的搭上調？嘿！好苦、好煎熬的寂寞等待欸！

大於等於

「父母和子女的關係，最好是處在一種大於、等於的地位。」電視上，擅長「親子關係」的名嘴，曾作如是說，仔細反芻，可會是時潮的金科玉律？

少子化的當下，孩子個個都是寶貝，疼寵型父母，似乎漸居傳統的權威型父母之上，演成的親情，是提倡父母要做子女們幼

小時的玩伴、少青時的友伴、成年時的良伴，如此有類「等於」的相處，其實也不免遇有亟需當「父母」──「大於」的時刻。

像友伴般，比較容易交流，若碰上耍賴皮、胡亂語、違常規、乏紀律…的負面時候呢？依循「等於」的關係，既不能以明確的指令發聲，也難使用堅定的長者語氣明示，而稚幼期的矯正弊端，這兩樣都屬於「溫和尊重、耐性有禮」教導態度以外的標竿技巧。

幸好一般親情互動，自幼多半先「大於」，稍長，漸摻入「等於」，相處如朋友般自在，或也會享有無話不談的不拘，但即使孕育成和樂的家庭，仍不乏「等於」中，猶有「大於」的時候吧？

子女長成，不論是否青出於藍「或」勝於藍，都會有自己的想法，把他們當成大人看待、當個可以商議的朋友──選擇「做孩子們的朋友」，的確不失為一種較理想的相處方式。

依常情，子女離家，外地求學或做事，時空隔閡的見面不易，活動忙碌的無暇傾談，獨立又自主的他們，各有自己需要被尊重的隱私空間，但又不乏徬徨時，希望朋友般的父母，做回他們的父母，提供長者導引的見解、經驗，雖然成年的他們，最終必須自己做決定，至少與親情接了軌，心裡踏實溫暖，父母的建言，或多或少，還是聽入了心。

倒是父母漸趨邁老退休，小輩因婚嫁而擴展了的親子關係，「等於」「大於」以外，也難免倒轉成「小於」的需要向子女請教、問益，而仍然能受晚輩尊重，甚幸！幸甚！

（中華副刊2014年4月10日）

人之初始

　　得有機會，和孫輩共處，童稚 vs. 成人，腦力往「人之初」迴溯，甚有況味，特以為記。

完美所致

　　熱衷於彩色貼紙的四歲外孫女，指著手掌上一張被弟弟扯破的貼紙說：我好傷心，這張貼紙破掉了。

　　「是喔，好可惜！」我旋指向桌上另張完好旳貼紙，熱切地提醒：「可是妳看那張還好好的啊！妳忘了妳還有那張可愛的好貼紙啊！」

　　童稚直接的感覺，相當實在，及長，如此行徑，往往會被成人世界貼上「完美主義」標籤：專注於不滿意的，去挑看、去嫌棄，忘向已擁有的，去知足、去感恩。

　　完美主義，自苦也苦人。童歌裡，汲汲於「只要我長大」，豪氣干雲，彷彿長大便擁有「隻手撐天」的能幹本事；若果前瞻了大人世界「能幹」以外，多有「剪不斷，理還亂」的紛紜，還真想快快長大？能全然享有童稚的「純真」而不被市儈論斷，不正是屬於童年特有的快樂？

黑白世界

　　貝拉執意於大家都要隨她所認知的、熟識的一切，比如兒歌、遊戲，才是對的版本，不能有他種說法、唱法、玩法，否則

她便搖手擺頭，頻說「不對，嗚⋯⋯」，或者張口「哦！哦！」的否決，見她皺起的眉，快哭的臉，我只好趕快轉變頻道，挑另首唱法相同的兒歌同樂，畢竟，住得遠，兩代見面機會有限，歡笑總比不樂的記憶可取！

而後，得知此乃貝拉的情性之一，她的媽媽，已不止一次地曉以情理去疏通、解說，她似懂非懂地，可也依然守著她的認知，堅持如故。

黑白分明的孩童世界，自有她的單純，屬於她個人漸長漸生而穎悟、或憬悟的「中間地帶」，何時出現？我饒富興味地等待著。

睽違再見

恬念她上了大半年的托兒班兼幼兒園裡的老師、小朋友，清晨，貝拉高高興興的出門上學。

傍晚接她回家，卻是悶悶不語，「今天過得怎樣啊」「沒甚麼，so so！」逕自走在前面，手插外套口袋，看著地面，頂頭的兩隻小髮束，鬆脫歪向一邊，在春寒的冷風中，隨擺動的小身體，忽忽顫抖著。

車裡，幼兒座椅上的她，笑容歸隱，只靜靜看著車窗外，彷如雀兒噤了聲。

回家洗手、換裝、吃點心時，小聲問她：怎麼啦？你不是最愛上學嗎？喜歡和Ella、Matthew玩嗎？「No，他們都不跟我玩、不做我的朋友了」。

隨父母度完一星期春假，不巧腸胃不適的受了感染，貝拉

假後在家養身，又沒去幼兒園一星期。缺席兩周後返園，日日相處的朋友們，自是生疏了許多，學前班的幼童，多找熟伴玩在一起，又有誰懂得對重新歸隊、班上唯一的東方裔同伴，自動前來給予友好的問候、表示歡迎呢？被冷落的感受，確實難過、難捱。

原以為，慣常於度完假後，和同事寒暄、說點趣聞，抹去稍許短期不見的疏離，添加了共事溫度，大家友好相處，一旦有事相詢，自然也容易交流些，這些成人禮節，沒想到對幼童同樣受用。

之後，女兒對貝拉的人際教養，又自動添加了一味。

（中華副刊2016年5月19日）

三部曲

老女人

　　一對年輕的夫婦，最近在梅城一處好學區的雅靜社區，買了雙拼四單位中，位居頂樓的兩房一廳公寓，受邀訪晤時，熱誠坦實的大男孩，直說購買了許多盒清香劑，想驅除前屋主那種屬於老女人喜歡的香水味…。

　　「老女人？」聽我遲疑的重複了一遍，他解釋：看房子時，曾在客廳見有子女、小孩照片，但她單身獨住，也沒男主人，大概有六十多歲吧。

　　嗚呼，這一前一後呼應著的「老女人」、「六十多歲」，聽得我悚然心驚。

　　年年與歲月照會，渾不自覺地年華漸升老大，小輩眼中，理當被歸為「老嫗」「老太太」「老婦人」輩，當時，閒閒聽來似乎全不關己的應聲唱和，而後，忽地想起，嘩，自己可不就是現成的「同位格」？怎會是這樣呢？怎會成這景況還毫無感覺呢？該不會是在他們年輕的心眼裡，一時還沒想到、或者誤以為我還不夠「格」吧？那又怎會、怎知在說話時，要避著點呢？

　　姑且阿Q兩下，仿效當下流行的名言「年齡只是個數字」，只要自我感覺良好，何妨將年齡擱一邊涼快去！

秉燭夜遊

　　接二連三的暑夏大小旅遊歸來後，體力、精神十分不濟，尤以東西兩半球，日夜顛倒的十二個小時時差，讓我該睡時睡不著，不該睡時又睏睡得緊，簡直折磨人。

　　「年齡越大越難調整」，這說法，也許和年長的人，其睡眠品質本已多半欠佳，再加上必須重新調整脫序的作息鐘擺，又怎能不經歷「睏」苦的掙扎？

　　近年，諸多體會周遭人事的「無常」，汲汲營營又勤勤懇懇的朋友，為事業打拼、為家庭忙轉，到頭來，竟來不及、或才初享努力的果實，就猝然得知已絕症末期，益發能同意李太白的感嘆「浮生若夢，為歡幾何」，苦短的人生，所提「古人秉燭夜遊」，豈能沒有道理？

　　當下的頓悟，導致暑假空檔裡，回台伴母三星期過後返美，進入十二小時時差的美中時間，在家打理、清洗，休息四天不到，又啟程隨丈夫飛往加州開年會、探姪輩、訪老友。

　　密西根比加州快三小時，生理時鐘調得迷迷糊糊，夜半醒來，更是渾噩得不知東或西半球、美中或美西，如此欠清爽的意識，略鬆垮的褲腰，以及近乎感冒的神情，顯然免疫功能遞呈下降，最顯著的，又莫過於入夜燈火通明，已不需秉燭的今日，想夜遊熬到觀賞狄斯耐樂園的晚間施放煙火落幕時分，對我而言，幾乎都快成了天人交戰的大困鬥。

　　年齡加時差，有如逼眼的雙頭猛獸，整得我昏頭漲腦，全不是滋味的頭疼難受。「秉燭夜遊」？該屬多情意、多興致的年

少族吧？壯年經濟穩定後，有伴之外，有心情、有時間、也有體力相配合，也才談得上趣致，這回旅遊的行程緊湊，還想感受那番該有的「夜遊」意興，癡夢而已，時機不對呀，人生固然苦短，斟酌情況，量力而為，誠為上策。

不「筆」啦

　　遠遊歸來，尋常電話問安裡，得知老母親在庭院跌倒，前身朝拐杖歪下時，手掌略撐水泥地，仍然肋骨撞傷，額頭碰上花缸，手肘、手掌、膝腿都有瘀血擦傷，到醫院照過X光片，幸好開過刀、脊椎裝著鋼釘固定的人工關節並沒有因此易位，也無腦震盪現象，打了破傷風針、開止痛藥、為傷口消毒、上藥，而後回家靜養，深幸無大礙，卻也不免掛心。

　　對年紀大的人，康復，的確需要稍長的時間，至於撞歪斜的鋁架拐杖，我們都建議再買一支新的替換，母親一如已離世的父親，凡遇上子女為晚年的他們，提議更新傢私器具，就很自然、很習慣的舉右手掌朝空中一揮，說聲「不筆（必）啦」，便是定論。

　　年輕時，經過艱辛、刻苦的逃難洗鍊，父母親一向對物質需求不高，稍事修補還能使用就好，不必浪費，晚年更甚，一切清簡為主，能用就用，堅持不換新，只恐大去之後，徒添子女處理的麻煩。

　　這回被跌得歪斜無法再用的拐杖，乃父親生前所持的那把舊杖，既然母親不肯換新杖，只好重拾專屬於她的那把原先稍嫌重、提拄時感覺鬆動的拐杖，全部換上新螺絲、栓緊加膠貼後，

再讓母親使用，也才安全、放心些。

　　父母親不要子女為他們多花錢，尤其是花不必要的錢，他們純粹好意地想替子女省錢；成年子女們，卻覺得兩人辛苦一生，在有限的夕陽階段，該享用新好產品的舒適方便，這麼大歲數了，難道不值得嗎？

　　兩代想法不同，很難說服，雖然多不違親意，卻也兀自提醒：老來若能「笑納」子輩的善意，會雙贏得皆大歡喜，而「不筆啦」外加手掌朝空一揮，也就成為晚年父母親「節儉」的有趣代號。

（中華副刊2013年10月3日）

高招

暑夏，曾在一份周末英文報特刊上，讀過封面人物——女星芭芭拉・史翠珊的訪談。

滿意於已十一年的第二次婚姻，讓她內心感覺很年輕，而從照片神態看來，也的確不像是六十七歲的女人，當然，明星懂得巧妝掩瑕，並不無道理，而這麼一位擅歌擅演、能編能導、屬智慧型的藝人，有兩段談話，顯得十分深沉有味：

其一，她對所背負有「完美主義者」的傳言，這麼解說：世上並沒有「完美」這回事。唯一的「完美」，是「不完美」，因為完美了，就不近人性（inhuman），也太孤冷（cold）了。

其二，身處感情（婚姻）中，必須懂得自省：想想這椿情感之所以會讓自己心動的美好面、合得來又能共處的投契面、獨到的優異品質。同時，試著視而不見對方讓你不愉快、甚至惹惱的地方，兩人互動，都要有如此的共識才成。

其實，「完美」是一種極為個人的主觀意識，惟目標標準訂得高與低而已！至於「婚姻」，乃冷暖自知的體認，少有完美，但總會有某方面的完美，這才像人間的尋常伴侶麼！

倒是史翠珊的這番「婚姻感情論」，讓我想起初出校門、教書的第一年，任教於一所新建國中。限於空間，導師室和教務處合併，教職員共處一大通間，交流容易，情感融洽。其中，職員徐，是同辦公室裡的一位男導師的妻子，老夫老妻近三十年，人前互動平凡，卻看得出彼此感情深厚。

有回，午休過後，從家返校才坐定的這位職員妻子，若有所思，突然對留校進餐、單身的我，平實坦言：兩人吵架，只要想想平常對方對自己的好、他的優點、有他在的心安好處，氣就慢慢消了。

當時，聽得真切，卻不怎留意；如今，記得真切，反而銘感留了心。道理容易，十分用心執行時，往往需要七分的克制，以及三分的修養。

大抵年輕成婚時，氣怒攻心之際，很容易甚麼情、恩、義全給忘了，目光如豆，緊盯住自己的「理」，耍強要面子，能懂得「見好即收」，必也經過時日的多方磨練，明白「要足了強，並非好事」，而後，由柴米夫妻，有幸修成了神仙眷侶，多是做了一輩子的功課，除非生就一副好性情，否則兩人磕磕碰碰，磨成年長輩，或因世事看多、閒事看開，隨緣的心性寬和，凡事自然而然，也就不怎計較了。

最近又從一份報導多對慶祝五十年婚慶的專刊上，賞讀每對伴侶發表的獨具心得：「結婚，就是結一輩子的事」、「太太永遠是對的」、「不對小事動氣動怒」、「能自嘲、有幽默感」……，內中，有一位先生的感言極為樸實謙誠，道出婚姻五十年，也仍在「努力練習傾聽對方所說所想」──當意見不同時，按性靜聽，會發現對方有可能是對的──自承過去常常自以為是，如今就比較能捐棄己見，互相配合。

那麼，走成長久婚姻的高招，有大部分豈不源自年歲增長的體認？平凡的纍纍經驗，每對不同，但積聚為深沉可行的不凡智慧，無不讓婚姻中人會心，畢竟，薑，還是老的辣呢！

（中華日報副刊2009年12月12日）

還在一起

　　喜歡瀏覽卡城逢周末的報紙裡，有一整版登告諸親友的婚慶合照加簡介的專刊。

　　眼看雙雙對對的訂婚、結婚、周年慶的美照，不自覺會被那洋溢的喜悅和幸福感感染，心情一片大好，圖片看對眼，再仔細往照片底下閱讀簡歷介紹，如是這般日積月累的讀看，逐漸也能揣摩出幾分眾生婚姻匹配、般配的大要元素，所謂的「緣分」、「來電」，並不全是空穴來風，總是有潛意識中，不少的各種條件暗暗吻合所致。

　　觀賞周年儷照，尤富興味。那是兩張並排的「想當年」新婚照和「到如今」婚慶照，大抵上都還能從某些五官、神態、或身形去追溯過往風韻，也能察覺夫妻幾十年共同生活的相處，有的外貌神情都會變得幾近相似，「潛移默化」的功效，的確不可小覷。

　　長年做夫妻，外表神態變得有些相像固屬自然，相互照應是否得當，大半生的乖舛起跌結局，從照片、從簡介裡的退休職位，又有幾分類似見證的了然，雖然雙方都難掩歲月走過的跡痕，程度不同而已，如果變化大到和原初婚照都難以連上線，不免讓人暗吃一驚。

　　最近的周末專刊，就出現一組並列的「今」「昔」婚慶照，對比顯然：

　　左邊的一張，典型的美麗新婚玉照，雪白婚紗、燕尾禮

服，新娘、新郎都是棕髮，適中偏瘦的體材，流露著年輕自信的挺拔與俏美。

右邊的一張，兩人的衣裳色彩對調，女士黑色肩帶洋裝，男士則穿白色的夏威夷式衫褲，體型都挺豐碩，陽光下，兩人曬得通紅的膚色和白髮，顯得十分的「白髮紅顏」。

能不說歲月是位魔術師？但把手中的魔術棒一揮，就是四十年掠過，竟然為對這對夫婦，一起換上與初婚時，截然不同的富泰面相和外形，男士從牙醫崗位退休，女士乃幕後專職家庭的牽手，育有一兒一女，兩人以參加加勒比海遊輪度假，做為婚慶四十週年的禮物。

噢，「吹皺一池春水，干卿底事？」光看表象原就不足以為內裡代言，外表能彌久彌佳當然理想，有所淡退或改變，也是歲月的光環，重要的，還在夫妻同舟，度過世間多少的測試和鑄煉，多少的跌宕和悲悽，仍然不離不棄，仍然守望在一起，甘苦共過四十年，甚至五十年、六十年⋯，值此離婚率仍偏高的世代，尤屬不易。

浮世紅塵裡，持久不散的配偶何其多，其訣竅也各有心得，記起了曾在飛往上海的民航客機上的雜誌，讀得一篇圖、文報導當時內地頗富盛名的某對夫妻，共慶結婚六十周年，被問及婚姻長久的秘笈？老先生以淺白的幽默，表示了三點要素：中途不能換人、兩人都要活到一定的歲數、更要有「忍」功。

個性南轅北轍的老夫妻，卻以互補加忍功，歷經幾十年磨合，也還守在一起，這部道理簡單的婚姻秘笈，其中必自有深意吧。

（中華副刊2011年11月28日）

聰慧 ‧ 智慧

「懷孕期間，保持活躍，每日至少三十分鐘規律運動的孕婦，生出的嬰兒，腦部活動發展較多，比較聰明。」美國國家廣播公司（ABC news），根據蒙特婁大學學者，於2013年聖地牙哥年會發表論文的新發現，發布了這麼一則新聞。

報導裡，並未提及是否把先天的遺傳基因除外？不過，人盡皆知，婦女已婚，若還不考慮懷孕，運動能瘦身；正準備懷孕，運動利健身；已經有身孕，運動不但養身，據此研究，還可生出聰明寶貝哩！

懷了孕，仍然作規律運動，好處包括「預防糖尿病、背痛，也能改善睡眠、充沛精力，使懷孕的情緒平穩」，似乎，孕婦保持懷孕前一貫的活躍，已成被鼓勵的時尚，至於什麼樣的運動才安全？當然要諮詢產科醫生了。

想起了龍年夏天，芝加哥的年度馬拉松長跑，一位運動有素、懷胎39周的長跑健將女子，半跑半走，完成全程，不久便進醫院臨盆，提前生下健康寶寶，想來這位「馬拉松貝貝」，應該大有可能屬於「聰明寶貝」一族。

然而，「過」與「不及」，都不比「中庸」穩當。

近產期而長跑？直覺不可思議，我算是瞠目咋舌的民眾之一，幸好這位習慣於經常運動的27歲孕婦，詢問過醫生，又有丈夫全程伴跑，年輕準媽媽的體力和意志力，的確不可小覷。

只沒想到，先天的聰明，竟也能以「外力」培育？「父母

聰明，子女得聰明基因遺傳」的鐵定說法，不就因此而有了額外突破？

　　誰會不喜歡born to be smart的聰慧呢？具有聰明基因的遺傳，再加上孕期運動，似乎為寶貝加了分；如果聰明基因不定，根據此論文的新發現，懷孕期間作有規律運動，大有希望生出聰明寶貝！

　　「聰慧」（intelligence），固然源自先天的基因，以及有可能的「母體懷孕期的規律運動」，到底並非被生下的個人所能主宰；出生以後，成長、成年期的持續學習加人生經驗，確實足以造就後天的「智慧」（knowledge），既然勝出的機率，操之在我，智慧與否，尚在個人操持的意志力。

　　話說芝加哥的中國城，北門的華埠內，有個十二生肖廣場，若從大街走進廣場，正門（龍門）兩旁，各有牌樓式的兩個邊門，名為「智門」和「慧門」，乍看，饒富寓意，雖說牌樓門的名稱，不過表象的意義罷了，然而，命名具有如此正向的表徵，誰人不愛？私心裡，還真妄想從兩門下多走過幾回，便能多獲庇佑：孕婦為寶貝添「聰慧」、常人為己身增「智慧」，當然，如此的想法，不啻天方夜譚，從廣場內，必須通過兩門之一、再穿過大街，才能進入華人餐館用餐，如此的「過門」，乃憑了直覺的「方便」而已，凡塵度日，多半自然而然，以實際為上，有時，好像不用、也用不上「聰慧」或「智慧」的意識，就走「過門」了呢。

（北美華文作協文學期刊2014年9月號）

各有造化隨機緣

　　天晴地朗的周末清晨，悠閒的閱讀一疊厚厚的卡城本地報紙，一則不尋常的訃告連同照片，殿尾在大篇的訃聞版，十分醒目，忍不住便往下細看究竟。

　　　　雖然，到現在已經一年了，我每天還是會常常想起妳、思念妳。我最好的朋友、伴侶、旅遊夥伴，以及最好的碗盤清潔工，妳將永遠常駐在我心中。

　　　　　　　　　　　　　　　　　——致爹地的「小女孩」

　　這則訃告，是向「茉莉女孩」致哀，她只活了十三年。

　　讀完文句描述的心語，可想而知，「茉莉」是多麼幸運！終其一生，非妻、非妾，但享盡愛寵，與「爹地」平起平坐，同進共出，且不離不棄，世間能得嬌寵的「愛犬」何其多，「茉莉」命好、運好，便屬其中之一。

　　之前，也曾讀過向所有為警察、消防隊、戰事前哨服務而喪生的「忠犬」的訃告，字句中，稱呼他們「四隻腳」的朋友們為英雄，同時也向還繼續為他們服務的「狗英雄」們致敬。

　　狗，其生也有止境，但，畫上句點時，就報上所讀的這兩則簡述，可以是多麼不一樣的造化生涯！

　　新近又在北美報上讀到禮儀師為寵物送終的文章，恕我寡聞，一直不曾對養寵物的種種多加以注意，至今才知這是一門極

具市場需求的新興行業，而禮儀師的作為，根據文中所敘述的大意是：請到家中的禮儀師，指示主人抱著老病瀕死的愛犬，對牠輕柔低語，一如往昔般的愛撫牠，讓牠放輕鬆，而後，禮儀師戴上白手套，為寵物注射、主持祝禱，不久，寵物放下病痛往生，主人家庭成員們一一祝福道別後，放寵物入預備的棺木中，送去火化，再送還骨灰盒，方便主人攜往狗墓公園立碑埋葬、悼念和日後的造訪。

讀後，覺得整個流程，十分「人道」，儀式也簡單，卻道盡了養狗主人的不捨和愛心，情感有付出，也收受過寵物貼心慰懷的回報，感情路上，不就是那份有來有往的可親、可愛？互動的可喜、可貴？為寵物送終的人性演化，竟是那麼順理成章地，自然而然。

然而，一般而言，若無意外，能與愛犬共度十來年歲月，感情積深有如成家庭成員，狗一旦老死，勢必傷情，基於有狗相伴的日子，已成習慣，多數人多半又會想再養另一隻狗來替代，即使明知另一個十多年後，可能又要再傷心一回，也難減主人對後來陸續再養狗兒的愛心；而愛犬對主人的忠心，早已被世人所肯定，每隻被主人豢養的愛犬，但憑主人性情、環境、際遇與目的，決定了牠們各自的造化，順勢也就發展出多不一樣的生涯了。

（中華副刊2017年4月26日）

愛鳥及鳥

　　日前，外子到前院信箱取信時，看見久未露臉的對門鄰居吉姆，正在前庭以水管沖洗窗戶，寒暄了幾句，卻非同小可的大感吃驚！

　　去年感恩節前，吉姆下樓太快，不慎滑了幾階，雖然樓梯有地毯包覆，他那六呎三寸的個子，瞬間痛得動彈不得，急診照X光，發現腰背脊椎的T8骨，遭受撞裂，又照了MRI，確定附近神經沒受損傷，醫師囑咐需要靜養三個月觀望，盼能自體癒合，否則得開刀診治。

　　七十二歲的吉姆，十多年前從酒廠廠長職退休，一向喜歡勞筋動骨，屋內外都親自維護整理，可想而知年節期間，只能躺床休養、甚麼出力事全動不得的痛苦，難怪去年聖誕，不見了他家屋外慣有的繽紛佈景和燈飾。

　　吉姆自道，幸有老妻薇瑪悉心照顧，住同城的子孫輩也不時來探望，回診後，癒合大有進步，五個月後的今日，已接近百分之八十的癒合，外子恭喜他的復原在望，吉姆又難掩期待的帶著笑容報知：外孫女快要讓他當曾祖父了。

　　聽完外子轉述，我的驚詫，一點也不下於他。

　　吉姆的外孫女不就才剛上完大學一年級？逢周末、假期，常見她來祖父母家探訪，高挑、白皙、秀美、才十九歲，正值花樣年華呢。吉姆又說，這位讓外孫女懷孕的男孩，卻沒有任何進一步的表示或打算，慈和的這家人，上下一致的意願，留

下小生命，以後幫忙護苗照顧。這讓我想起兩年前，薇瑪的另一件義舉。

與她住同城，中年未婚的獨居大女兒凱倫，右鄰住進一對新移民的年輕伊朗夫婦，妻子生病住院開刀時，不滿兩歲的兒子，有時便託請在家上班的凱倫代看，薇瑪在凱倫無暇幫忙時，自願前往照顧小孩，時日久了，憐惜小孩父忙母病，又沒親沒友，便徵得同意，常帶回自己家中進食小住，甚且認領為「義孫」。

他人的下一代，都能如此疼惜，對於外孫女的處境，可想而知更不忍坐視了。

未婚生子，在美中西部小城，需要極大的勇氣，每件個案不同，處理也不同，我雖不知也不便多問這家人對未來的打算，卻十分肯定，吉姆的外孫女已擁有家庭的溫暖支持，她年輕的心境，遭遇此事，想必經歷過陰霾，但有兩代家人陪著一起往前舉步，未來固然不可預知，至少當前不會孤單無助，也相信由於家庭愛的輔助，會使這位年輕未婚的準媽媽，此後漫漫人生路上，不致於喪失了愛人和被愛的能力。

（世界日報2018年05月04日）

不完美的美好

還很年輕？

　　最近，與久未聯繫的卡瑞電話敘舊，提到一位洋畫友，遺憾沒能出席卡瑞的個人畫展開幕活動，而特意向她致歉，原因是七十來歲的老伴，當天住院開刀，做髖關骨（hip bone）置換手術。

　　卡瑞直嘆氣：就是站著穿長褲，重心不穩，一歪，跌倒，髖關骨骨折，站不起來也沒法走動，緊急住院就醫。

　　年輕時，如果一直就很習慣拿起長褲，兩手往前抖開，站著一腳穿完再穿另一腳，圖個便利，就地穿妥，自然演成了的「習慣」，是不容易想到會有找座椅或床墊來當輔助的需要。

　　好意轉述給年近八十的安妮聽，不防她一句「喔，以為還很年輕啊？」剎時讓我失笑。

　　嬰兒潮都已進入銀髮族的今日，多的是外表仍壯年、心態也不自覺老的長者，搭坐公車，更有被年輕人讓座而兀自發愣的時候，有幸保養得宜，筋骨硬朗，的確不易老也不顯老的難得，然而，有許多潛伏、或不自知的毛病，比如骨質欠佳，常在一瞬間，迸生出出乎意料的結果，年長不經意跌出來的手術，就是顯例，邁向了老年，就像機器用久，難保不出問題，只不過運轉一直順當，也就無法預知何時會出狀況罷了。

　　也還記得相熟的魯曼尼教授，與他同住的九十多歲岳父，多年前，同樣因穿長褲沒站穩，歪跌後，大腿骨骨折，雖經手術醫治，仍然不良於行，需坐輪椅，健康自此下降，日常生活全靠

無子女的夫妻兩人照顧了八個月後，委實無法撐持，不得已讓他岳父住進療養院，又辛苦捱過三個月，辭世安息了。

　　年紀邁長，體能的逐漸趨向老化，本是自然而然的過程，心態卻自我期許的朝「常保赤子之心」「並沒老到不能做這做那」「向年齡挑戰」「年齡只是一個數字」「相信自己確實還年輕」等等的心理指標去建設，那麼，「站著穿長褲」原就只是一向長遠以來持續的小習慣，怎料到稍不留神、不上心，輕鬆容易的小事，竟有可能變成因為意外的敧斜、碰撞或踩空而受傷？

　　聽聞這兩樁老年朋友，在毫無預警的突發狀況下，或健康受損動手術，或就醫後影響生活品質，甚且不治，不免心生警惕：外表或可因整飾而顯年輕，實質體能，能夠表裡一致的，應屬難得，及時做點習慣上的修正，還是比較穩當可行。

（中華副刊2018年7月20日）

拾穗

生活可以是千篇一律，也可以因無意中，拾得感悟而心泛漣漪，有所拾穗的平凡日子，因「用心」而過得特有滋味。

現代鼯鼠

喜歡文字，自然而然投入文字工作，於她，乃理所當然。

有回，文思滯澀，寫不成文，她找出碑帖、筆墨硯練字，這一練，練出源源興致，日積月累，一大落的臨帖墨字，寫成書案風景。

每回練完字，見硯上墨汁沾盡，墨色猶濃，索性加些水，臨摹很久以前隨興買得的畫冊，自學自畫起「水墨畫」來。

生性簡樸，她常廢物利用而不自覺，好些因漂亮而收藏的各式各色圖片、碎布、珠飾、卡片…，剪剪貼貼，再加幾筆畫、添點字句甚麼的，大小不一的硬紙板上，展繪出自許自創的寫意「拼湊畫」。

生日，喜獲一部「數位相機」，試驗地，把所有練就的偏愛字畫作品，攝影作紀錄，放進電腦欣賞，看得高興，從此周邊景物、人間百態都是焦點，意興來時，回頭再按圖景配寫發抒為文…。

非職業性，但隨意性，就像那粉蝶翩翩花叢，又像那蜜蜂殷殷採蜜，日日好日過，也日日過好日，欣欣然自道：能當「現代鼯鼠」，未嘗不是初老的幸事！

（中華副刊2010年8月1日）

按：荀子勸學篇的「鼯鼠五技而窮」，指出鼯鼠能飛不能上屋，能緣　不能窮木，能游不能渡谷，能穴不能掩身，能走不能先人。

大雨偶見

有一種，戀愛中，男子常會有的行徑，並不因成家後的粗糙磨礪，而杳然無蹤。

威威商場外，嘩啦嘩啦地下著大雨，場內，我推著買完菜的購物推車，望雨興嘆。

等候的靠牆兩並連長椅上，已坐有一對東方母子，採買了二、三大袋的推車，則打橫跨在兩人座位面前。

我見大雨一時也停不了，便也坐下加入等待陣容。

手機忘在車上，正無聊，且流目四看進出不多的顧客、變化貧乏的商家，無意識地耗過了十幾、二十分鐘，隔著長走道，對面粵式餐館玻璃窗內，吊掛的烤鴨、醬油雞、叉燒和一長塊燒肉，幾乎都快要被我盯出油了，而大雨，仍然毫無歛歇的意思。

不經意中，那對東方母子旁邊，竟多出一位昂長男子，咕嚕數語，便從褲腰拉出下擺，脫除身穿的藍格子襯衫交給女人，順手提起推車裡的塑膠袋，大步推門跨出商場，往停車方向疾奔，上身僅剩的短袖白汗衫，倏地被落雨貼背打溼。

這廂目送完的母子兩人，緩緩起了身，年輕的母親，撐開藍格襯衫罩頭，右手拉起襯衫衣邊，攬過蓄著短瀏海、約莫五、六歲的兒子，左肩背皮包，左手拉過另邊襯衫，一陣嘀咕、環顧，兩人依依互持地走出自動門，往門外雨中開來的停車走去。

男人對妻小的保護、母親對兒子的照應，溢滿情真的互動，宛如表明：有他在，雨再大也無妨；有他在，母子感覺安好。

大雨中，平添這麼一道男子細致的風景，頓使整個等待雨歇的無奈，變得溫柔有情起來。

（中華副刊2016年10月30日）

日日是好日

　　一旦失去，從有變無，醍醐灌頂之下，經過反省，懊惱已無用，責怪也難助，只好用心調整、補救，再出發。即使生活平實，仍存在著未知的變數和啟示，有心、有情、有閒，也或者有伴相隨，日子可以過得甚有滋味。

失聲

　　丈夫感冒後失聲，於是，所有訊息的溝通，全靠紙、筆寫下，這也包括了和遠地的子女用ipad面對面敘談（facetime）時，舉起紙張，讓他們隔著螢幕看白紙上的黑字，如此新鮮的一招，惹得螢幕的那頭，玩遊戲似的，欲罷不能，越說越起勁。

　　人不舒服，早睡早起，話也少。多數是我說他聽，當我情緒的「垃圾桶」。兩人起早走路，我自顧自說的高興，忽地警覺，這副「自說自話」的德行，全然不顧對方因「啞口」而無法反應，交流淪落成單向，豈不是「喃喃自語」？感覺沒趣的當下，住口不說了，才發現他也並不曾專心「聽講」，嗯，好像垃圾桶內，裝的垃圾並不多，那我就不必太自責啦，找食材助他「回聲」，才是利他又利己的實惠上策。

不如老農

　　走路路過茂長的大片竹林區，瞥見三五成叢的綠竹底部，盤屯以高出地面的稻稈、細竹枝葉之類的掩著土堆，土堆裡，又

凸冒出尖尖綠黃竹筍數莖，這種護筍栽培的方法，我這外行人倒也能理解。

再走過另一側占地更寬廣的鳳梨田，每株長葉劍長的中央，托著巨球型松果般的綠鳳梨，陽光下，每顆鳳梨表層的青綠芽眼，宛如噴滿笑意、亟需努力張大被笑窄了的芽眼，汲汲鼓脹著生長，另一區個頭長得快成熟的鳳梨，顆顆頂著黃蓋子，走近細看，原來是一頂沿圓心，以輻射狀線條切開，方便穿套的塑膠黃圓蓋。

放眼觀景，廣闊剛勁的綠劍田，浮泛著點點艷黃圓，煞是好看。

戴帽？可又為了哪樁？

走過了，又再打回頭，請教正忙著為每顆大鳳梨戴帽的農人。

「大太陽會把快成熟的鳳梨曬裂，容易長螞蟻，就會影響收成，戴帽可以防曬。」到底還是鳳梨達人內行！

試吃

食品的市場行銷，多採用「試吃」——眼見為證、口吃為憑，廣為招徠顧客。

能讓食品當場呈現眼前，請顧客試試看，吃出信心，也才會、才敢、才想買啊。

這就像想要擁有好朋友，自己先要當別人的好朋友；想要食品大賣，總得先要證明食品確實好、錯過會遺憾，也才有大賣給顧客的機會。

有此說，乃因春遊阿里山近尾聲時，走過土產販賣區，看

見店家肯大方擺出越多的樣品，好客似的請遊客試吃，也越有顧客吃過後隨手購買，其他遊客見狀，多生好奇而跟近、試吃、選買，哪家顧客最多，眾客就往哪家聚，而那熱賣中的店家，在良性循環下，促銷做成功了，究其初，還在於肯讓顧客「試吃」的能「捨」，也才有「熱賣」給顧客的能「得」啊。

活菩薩

旅遊過後，丈夫失聲，高齡老母親打來電話，殷殷告知除了傳統的名牌川貝枇杷膏，還可試試另種破除「喑啞無聲」的偏方：檸檬汁加酸梅，泡熱水喝。

這已經不是第一次了，只要老母親得知哪位子女的家庭成員有點不適而心急，總會想法貢獻所知做個參考，很有互動的親切和感動。

想起三月時，趕回家慶賀母親的九十一大壽，曾和所搭乘計程車的中年司機閒聊，當他得知壽星的年齡時，頻呼「高壽」，羨慕我還有高壽並健在的母親，就像擁有一尊「活菩薩」，好難得的幸運，而他的父母親很早就走了。

我的高齡老母親，的確像下凡庇佑的「活菩薩」，這回還親自打不太常用、不怎擅用的手機，只為了告訴女兒一則「回聲」偏方，自覺很幸運，也真的感覺很幸福而該惜福。

（中華副刊2012年7月8日）

這瓜好甜

夏日周末，與三、五空巢好友，一起在外用完午餐，聊得趣味津津，索性邀來舍下繼續未竟的談興。

時值西瓜旺季，周五才採買完一周伙食，家裡自是買有大瓜一個，正好切來待客，只是這瓜，挑得如何，還是個待解的未知數。

話說吃了大半輩子西瓜，各式挑西瓜的技巧心得，真不知聽過凡幾，然而，若沒用心往腦裡記，便也如好風飄過耳般，轉身即忘。

盛夏的北美中西部超市，但見巨大如貨車般的厚紙箱內，旺季的西瓜，清早便已堆得小山般高，我緩緩地繞箱探看，看得眼花，還是有不知該從何處挑下手的迷惑。

水果自然是以新鮮為上，這批西瓜經由他州運來，瓜頭多已不見瓜藤，只空留瓜疤，也或者僅餘乾枯吋藤，想憑頂頭的瓜藤，查看新鮮與否，便沒了指望；那麼，拍拍聽聲音清脆的，應該不差吧？可是躺在瓜堆裡的各個大西瓜，互捱互靠的，左拍、右拍，聽起來都差不多…只好挑看顏色生鮮翠綠一點的囉！

然而，北美西瓜，個頭巨大，無論搬動或查看都不太容易，最後，單憑目測，選美似的，我看上一個瓜形橢圓、綠條紋路清晰、尾端具漲圓狀的無籽西瓜，但此瓜靠近紙箱中央，踮起腳跟也難以挪移，心想：算了，隨便挑一個順眼的，就走人。

殊不料，一聲「Need help？」，挑瓜又有了轉折。

鄰近走過一位高大的棕髮男子，放下購物推車，問清楚我相中的「駙馬瓜」，舉重若輕又輕而易舉地，便把瓜端進我的推車裡擺放，我趕緊大展歡顏向他道謝，即時的幫忙，滿足個人擁有那個特別入眼西瓜的想望，怎不是make my day？

　　如此挑得的西瓜，不能確定挑得好否？卻要待客，在廚房切瓜的當下，心頭難免忐忑。

　　我掄起一把大刀，順勢向下使勁切開，瓜況立見分曉：是個瓜皮頗厚、瓜肉近皮處淺紅、瓜心較紅而稍裂的「尚可」西瓜。

　　我想起民俗裡，以台語發音的挑女婿：揀啊揀的，揀一個賣龍眼的。啊哈，憑目測、靠選美來挑西瓜，是需要點兒運氣。

　　然而，醜媳婦總要見公婆呀，幸好瓜大，光是切取瓜心部分，也能裝成一大長盤待客。沒料到朋友們才嘗，個個豎起拇指，頻頻「這瓜好甜」的誇讚，繼則「在哪兒買的？」，我笑對應答之餘，不無帶點錯愕地暗自慶幸：不枉那位棕髮男子的幫忙，這個「特別入眼」又幾乎被我放棄的「尚可」西瓜，還真給面子啊！

　　也許，瓜果旺季，挑得的西瓜，都不至於太差吧，即便不夠上選，瓜皮肥厚，但用心切選理想的中心部分待客，仍然能贏得「這瓜好甜」的美譽。

（中華副刊2016年9月9日）

生活樂章

有機

　　盛夏，蔬果大熟，眼見瓜果因旺產而價廉，貪念才起，心已下誓：務必一一買來，飽嘗時鮮，是為樂事。

　　方今生機飲食當道，以自然本色為標榜的有機作物，成了驕子。

　　北美的此類瓜果，多半個子較小，價格卻不便宜，不過津甜有味，還帶著少有的香味，賣點在此啊，何況非基因改造、無化肥促生、催熟，雖不真知是否確如標牌所言「有機」，但以偏高的價格，買來或多或少的心安，說成心理作用也好，但若換個角度看，凡間世物，追求想望，不都需要多付出點代價才成？

　　必須去皮的，沒必要「有機」吧？不過，隱地養成果的馬鈴薯、地瓜之類，「有機」就有不一樣的質地；可去、可不去皮的番茄、葡萄，特有的果香，是「有機」的關鍵；怎麼連該去皮的香蕉、西瓜，「有機」的，好像都特別的味香且甜？難道香甜散布在較小的體積內，密度增大，濃郁指數因而走高？非老農、老圃如我的，如此結論，僅屬於胡猜的「迷思」閒情。

真知

　　「知之為知之，不知為不知，是知也」，能不假裝知道，而又真想或必須知道，反而促進了學習。

　　職場退下已久，時時更新的電腦應用軟體、手機功能諸多

變化，已不再熟練，金融股票顯然的外行，眼見上網查帳、買賣舊物、甚至年輕人提及的網上配對約會，多半不熟得讓我感覺自己實在是「老土」一名！不過，至少知道自己對現時的高科技能，已有太多的不知，既無需愛顏面而故做「詐知」，也不必因眼澀老花而自我「姑息」，誠實的依據實際需要，向外、向下請教，尋求解答也學習新知識，頓使生活方便不少，「不知」，反而演成了「知曉」，全然的自然而然啊。

入睡

雜事多、睡得淺、又不易入睡，即使白日登山四、五小時，夜晚闔眼，腦海中的記憶，頓時走馬燈似的忙轉起來，索性起身看書，眼皮倦澀，睡覺方才有望。

由不得羨慕頭才著枕，五分鐘不到，鼾聲已然響起的同輩，可真幸福！

說給子輩聽，「哎呀！睡覺是最最簡單不過的事了。」甚麼甚麼啊！真是飽人不知饑人苦，也曾是少年十五、二十時的貪睡名將呢，嗯，時候不到，到了，你就會知道。

趁長周末的假期，攜小外孫女出遊動物園過後，我觀察同車安坐在幼兒座椅裡的她，無意識地動動手指，轉眼再看看窗外，沒一會兒，長睫已欲掀無力，終也難敵睏意，微歛又輕掀，輕掀又息下，兩三個回合後，沉沉睡去，輕巧得像隻歛翼棲停在花朵上的蝴蝶，多麼輕鬆、容易的入睡哪，光就「睡眠」一事，顯然後生可畏也。

掉褲

　　近一歲的小外孫，摸著長形咖啡桌沿走動，逗他發笑，竟然會笑得小短褲掉落下地，惹得大夥兒哈哈笑，他見大家笑，也不知所以的跟著咧嘴嘻嘻再笑開，這景況就更惹笑了，短褲突然掉落，不知是否因為逗笑致使小肚腹縮進所致？再看兩小條白色褲帶，僅裝飾性的鬆垂在褲頭，也有可能是小短褲的設計，沒附備腰間鬆緊帶？短褲尺寸，乃適合十二個月的幼兒穿著，看來袖珍的他，真該少挑食、努力多吃點囉！

（中華副刊2016年8月11日）

陳年茶葉

「一直沒開封、沒動用過的陳年茶葉，有的甚至超過一、二十年，還能喝嗎？」

打個skype，問問喜歡涉獵群書、知識廣博的二哥，也許他能提供些參考的意見。

「如果是真空包裝，應該沒問題，如果是鐵罐內的散裝茶葉，有可能會走味，打開聞聞看才知道。」

「打開後，丟掉有霉味的，其他拿來煮茶葉蛋啊，上好的茶葉，有的放很久也不會壞。」

電腦螢幕上，二哥不厭其詳的教我「茶藝」：熱水溫過茶壺和茶杯後，壺裡裝進茶葉，再注入熱水，略洗泡的一泡茶倒掉，二泡茶先聞香再品味，三泡茶不太夠味，有時就不喝了。

想起了在杭州買龍井茶、到雲南買普洱茶時，國家級的特設茶坊裡，經過專業培訓的服務員，連說帶演的「茶道」，遊客們品茶時的甘醇清香，那景況忽地從記憶中鮮活起來，當時只因隨興，也就隨緣買了一些，倒是日後有了睡眠的顧忌，少喝、不喝，一旦演成習慣，久置的好茶，就因此變成「陳茶」，被忘卻得如同失寵的白頭宮女，真不知該怎麼善待？怎麼處置才好？

上網搜尋，盡是各說各話，有了霉味，曬曬就好？那麼烤箱烘烤，不也一樣？還可避免曝曬時，偶會有空中異物掉落。只是，即使經過再處理，食用可安全？為了安全起見，乾脆「葉落」歸根，挖洞深埋花園、菜園內，充當上好腐植土，還具有預

防病蟲害的好處呢。

「那太可惜啦，曬曬後，拿來裝枕頭套，做個小茶葉枕，清涼醒腦得很！」

這點子夠鮮趣！「家有一老，如有一寶」說得真好，九十來歲的老母親，在國際電話裡，甚有智慧的對我建議，不識趣的我，卻直言反問：「清涼醒腦，那還睡得著嗎？」

其實，不同的枕頭，自有不同的功用，譬如成長期，曾聽說過的「桑葉枕」「綠豆殼枕」「玫瑰枕」…，都具有或多或少的醫藥或美容效果，雖然少有昭顯的科學實證，卻一直在民間流傳著，能清涼醒腦的枕頭，針對熬夜族、勤學族，應是最佳推銷對象吧？

除了自買的龍井、普洱，長期以來，廚櫃裡，還有遠道來訪的朋友、學生、親戚，好意相送的綠茶、紅茶、凍頂烏龍、梨山高山茶、鹿苑茗茶、鐵觀音、菊花茶等等，我的家人喝咖啡多過喝茶，卡城周遭友人的餐飲習慣，不論喝不喝湯，多半會再選擇礦泉水，或熱水加檸檬，舍下積聚的好茶，少有問津之下，漸積漸多，日久都成了陳茶。

既然二哥有言在先：「如果不要，通通拿來給我好了。」為免暴殄天物，遵命照辦，趕緊包裝妥當，快郵奉上，想像中，香噴噴的茶葉蛋、有禪意的品茶，能有機會博受青睞，真好，陳物有可能成為他人的寶物，豈不樂哉。

（中華副刊2013年6月18日）

生活箚記三則

不經意間的感念，快閃溜過，恍如視覺暫留般，缺少常在的真實，卻燦如煙花、的確發生過，甚且還會有後續，有感而發，特以為記。

五元紙鈔

打開車門，正想把身子往駕駛座上跨進，忽然瞥見一張類似宣傳單的紙張，穩當的夾在車前的雨刷與擋風玻璃間。

肚腹正處在飢餓狀態中，只巴望快點開車上路，但不拿開紙單，車子還真開不得，心裡直嘀咕，也只好再跨出車門，去之而後快！

噢，一張摺疊的美金五元紙鈔並同傳單，一起膠封在硬殼透明膠袋裡。紙鈔半新，明顯有使用過的痕跡，仔細再讀傳單上的文字，原來是傳教的新招：務請收受這五元後，花用於購買聖經，常閱讀而以親近耶穌基督為喜樂。

都說「君子愛財，取之有道」，來路不明之財，受之有愧。收，不照著傳單做，於心難安，但受制於五元，聽了都覺得好笑，想了想，順手便把膠袋再照樣夾在旁邊的一部深藍色車窗前，姑且讓不明之財，如天上浮雲，請隨意漂泊去吧。

隆隆火車

坐上火車，駛近平交道前，隔著車窗，耳聽汽笛拉長的嗚嗚聲，眼觀柵欄所擋下的長龍車陣裡，不知有多少位心急的趕路者（包括平常的我在內），正等候得無奈；而此刻的我，身坐在高高的車廂裡，行駛著道路優先權，那暢行無阻的愉快，真乃此一時，彼一時也，以後苦候長列火車通過平交道時，務必回味曾高坐火車車廂裡的感受，少點焦躁，多些平和，公平，本就只存在人心中。

火車遠離市區，傍窗眺望清朗廣袤的鄉野景色，靜美且怡目，然而，清景再無限、風光再戀眼，終也隨火車漸行漸遠而漸模糊，一如所有記憶裡，曾留駐過的深刻印象，因歲月流逝而漸淡漸退漸隱沒，直到偶遇機緣，電光火石間，猛和記憶掛上勾，一切遂又鮮亮起來。景物如此，人事亦然，已遠，但不曾忘記，一直在那兒、一直在心底某個角落存在著，只待時機的按鈕被觸動，便又幡然重現往日情懷。

風水通運

曾經耳聞、也讀過一些有關風水的實例記述，只當成「有待求證」的常識而已，沒想到最近讀得一篇洋記者寫的室內風水報導，還引證東方陰陽五行之說，霎時，刷新了我腦海中有關風水的記憶。

文中所稱道的室內風水，乃強調陰陽調和、五行平衡之說，室內自然呈現祥和之氣，居住其中，心神寧和，處事順遂，

運勢也就容易流通。室內既採陽光，也納陰涼，而家具、牆壁、地毯、地板、擺飾、或盆栽⋯，所有的實體布置，必將五行——金、木、水、土、火，各司白、青、黑、黃、紅的色調，善加運用並散布室內，各色彩比例的多寡與搭配的巧妙，但看個人喜好，務使整體生動，呈現互補的五色平衡，居家空間流通，生機油然蓬勃，運勢便順著走佳。

嘩！讀得容易做時難，姑且不談風水，一個色彩悅目、空氣流通、空間清爽的住家，大有益於健康，此乃不爭的事實，那麼，雖不必深懂陰陽五行的風水論，至少簡、淨化住家環境可以做得到！趁著興頭，又近歲暮，遂動手清除也重整各房間，經過送、捐、丟後，空間亮敞，眼界開朗，心情好不輕鬆，誠為閱讀的正面收穫。

（中華副刊2012年1月17日）

年節的禮物

正在百貨公司的成衣部挑選年節禮物時，沒想到，竟有素昧平生的婦人過來徵詢意見：

「剛才看到妳手上拿的淡粉紅毛衣，顏色真好，我也找了一件給我媽，只是不知道她會不會喜歡？」

「媽媽？」望向中年的她，我心想：她母親可能都上了年紀吧？逢年過節的，於是隨口而出「那就買紅的啊！」

「可是我媽說過，她的紅色毛衣怕不都有九件以上了。這件淡色毛衣真漂亮，她會喜歡換點別的顏色穿的。」聽完她的自說自話，可見早已成竹在胸，只是想找個陌生人，客觀的再一次自我確定罷了。

她說的也是，年年準備年節禮物，年年都費心、耗時，卻又不見得次次都討喜，真難。

按常理，一般人的喜好，常會因年紀的體驗而多少有了改變，要為不常見面、不住同一屋簷下的子女或親友買禮物，捉摸又揣測的，在經濟預算之內，能買到對方喜歡的禮品，很不容易，但日子卻又轉得特別快，好像才過完團聚的年節，怎麼兩下子又要再度為年禮傷神、費事？

想來也只有幼少期最愛也最盼望過節，心意足夠、禮數不多，誠心畫張圖卡，做個手工藝，或者拿著好不容易積存的零用錢，興奮地為家人買禮物，儘管所有的材料、金錢，還是來自父母為多，但總是老少一團高興，那一段凡事有大人頂著，不識憂

愁與煩惱的「手心朝上」的優渥歲月，純稚又真實的過節快樂，原本就不需要擔心「受禮人會不會喜歡」這問題；進入青年期，不斷的學習、培訓、被灌輸以「謀生賺錢」的獨立意識，該「手心朝下」去給予。直到如今，逢年過節的團聚，除了餐宴張羅以外，克盡心力選購或郵購並包裝禮物，總也會留下不盡合人意的缺憾，但看過完聖誕後，總會在北美各大百貨公司，見到大排長龍的退還禮物人潮，或跑郵務機構去寄退網購禮物，便是最顯眼的事實。

那麼，送連鎖百貨店、電子城的禮券如何？或是買由當地普受歡迎的眾餐館所聯合出售的進餐禮券呢？沒太多時間、或挑不到對方想要的禮物，就送禮金吧？那對親友，是不是有不夠親切、不夠知心的感覺？更何況如果親友本就多金呢？想送他們去名勝地度假，一般民眾，又有幾位能夠負擔？

傳統的聖誕老人在送出禮物前，都有張長長的禮物清單，依次勾畫準備，送禮而能先有張期待的清單，辦事就容易多了，那麼，類似於此舉的，有一位已婚年輕洋友，在珠寶店寄來的目錄書上，選了幾頁中意的首飾，頁端打了小折疊，愛嬌的遞給另一半，嗲聲聲明：如果你想不出送我甚麼才好，不妨就在我打了兩小摺的頁數間，隨便挑選就可以了。

如此合情合理的體貼心思，設想得好不周到，也希望，在這高檔珠寶店發行的目錄書裡，打了摺的頁數間，「隨便」的一樣珠寶，可別讓當「聖誕老人」的她的另一半，揚眉、瞪大眼才好。

（世界日報2011年1月30日）

The Beauty of Imperfection

情長

日子如常運轉，終也難免「生之循環」的演變，
面臨了上一代的相繼辭世，然而，親情永不退
色，只換個方式，住進心裡某個角落，他們只是
形體凋零，慈愛的精神，永不曾遠離逝去！

兒子結婚了！

我穿著傳統的長旗袍，聯同外子，伴著而立之年的兒子，一起走過婚禮長道、走向站立花棚下的牧師左側，轉身站定，美麗雅致的新娘，也由父母左右伴護，走下長道的牧師右側就位，雙方和牧師聯成半圓弧度，面向入座觀禮的親友，我心中溢滿歡喜。

不自覺仰看紐約Mohonk山上的天，好藍好晴，陽光燦爛，鄰近正有山鳥朗朗不歇地高吭，兀自沉浸在喜悅的心情裡，幾乎都忘了在走回座位前，該如預習的禮儀，轉身向兒子擁別他的單身，意味他即將走向成雙、為人丈夫的人生路。

遠從密州安納堡趕來的牧師，慎重而親和的主持戶外婚典，經過祝禱也祝福兩位新人後，新人相互給予誓約、交換婚戒、以親吻禮成，簡單的過程，聖潔而甜蜜，兩位各在美、加出生的華裔，從此攜手共創兩人天地，寰宇間，多了一對共築愛巢的伴侶，子輩完婚，雙方父母，了卻心頭無形責任一樁，盡現喜洋洋的輕鬆歡顏。

兒子身穿米白西服，帥帥的，最近業餘頻頻出賽打網球，曬黑不少，即使兩年前，以一年取得康乃爾工程碩士的辛勤，都不曾讓他如此的瘦高過；同為密西根大學校友的新娘，則長髮稍捲披肩、耳簪有絲絨羽點綴的大朵淡紅紗花，無肩帶、弧度優美的曳地紗緞長禮服，顯得格外嬌巧清麗。

就像母親看見幼兒邁出第一步的驚喜，我確實感受到兒子

成家的「驚」——時光飛逝，與「喜」——佳偶良緣，時勢所趨，升格成「婆婆」，加上一月底，因女兒的添女，當上「外婆」，不論如何，我確確實實列屬於「婆」字輩啦。

　　沒有不捨，只是真歡喜；沒有淚珠，只是笑開懷。嫁女、娶媳，心情之不同，恰如七年前，我以暗紅無袖長旗袍加洋紅短外套參加女兒婚禮；七年後，我穿深紅、上身罩金紗玫瑰圖案的長旗袍參加兒子婚禮，都是喜事，我個人的心情，就如所穿的色調，有「稍沉」與「輕揚」之別。

　　然而，異中有同，女兒、媳婦並不勞動雙方家長，都是親手承辦婚禮大小細節。七年前，是外子的休假年（sabbatical year）我隨夫到香港任教，那時，工作忙碌、出差多的女兒，能幹地利用有限餘暇打理婚事，觀禮的親友直誇婚禮「不可思議的隆重」；七年後，又逢外子休假年，我亦隨同到台灣短住，準新娘也不勞雙方家人，自己偕友張羅齊全，妥貼順利地完成莊重婚禮。

　　我們當父母的，僅需穿戴整齊得體，早點到場出席拍照，沒幫到甚麼忙，只好送個大禮以求心安了。

（世界日報2012年8月23日）

第九十個生日

　　卡城周末報上，有一則小啟，饒富興味。

　　孔妮亞的子女登報慶賀母親九十大壽。除了告知眾親友們這次家庭聚宴的時間、地點、參與子女的大名、壽星住處以及有哪幾位孫輩陪伴以外，很遺憾，孔妮亞所有的手足們（當然也是名字一一列上），都沒能來參加，但相信他們會從天堂，微笑向地面人間的她，給予祝福。

　　甚麼樣的措詞呢，雖然也並沒提及孔妮亞的配偶如今安在？

　　我忽地想起「老黑爵」的歌詞：「時光飛馳，快樂青春轉眼過，老友盡去，永離凡塵赴天國…」，孔妮亞享長壽，而熟稔的手足們全都已天人永隔，幸好有子孫輩探望承歡，還不至於太孤單。

　　娘家弟妹全在大陸的母親，今年也邁進九十，年前，她以八十九歲高齡，當選為民國九十九年的台東市模範母親，在子女扶持下，從輪椅站起，先後接受光明社區游理事長獻上大捧鮮花，縣長黃健庭頒贈禮品，又從市長陳建閣手中接受匾額、禮品並拍合照，十分歡喜的度過一個讓她難忘的母親節。

　　我曾在電話裡問她：「禮堂坐了快兩小時，開過刀的背脊骨還吃得消嗎？」七年前，母親出浴室不慎滑跌，碎裂的第十二節脊椎間盤改裝上人工間盤以鋼釘固定後，已無法久坐、久站。

　　「還好啊！我預先吃了止痛藥，撐了過來，不過沒看小朋友表演就先回家休息了。」嘿！果然又施展出她慣有的超級

「忍」功。

母親個性仔細，可能的話，喜歡要求零缺點的完美無瑕，有些時候，她卻從也不想、更不用這慣有的「忍」功，而直言不諱。比如說，她可以罔顧整體、卻一眼就看見並告知子女可以改進的瑕玭：「腰帶要少束一格，衣裙才會平整順溜」「額前髮線邊，好像梳禿了一小塊」「臉上怎麼冒出一顆痘子，可別擠啊」「衣服的領口，開低了點」⋯，老是有缺失，真沒勁哪，也曾經嘟嘴對她抗議：「都不看人家好的一面，老是挑毛病！」等我終於能了解那是另種對子女「求好心切」的母愛，已是走過了多少人間歲月。

母親經歷過八年抗戰，曾任教小學，逃難來台後，在物資匱乏下，與服務台糖的父親共同養育有七名子女，都受完高等教育且各有所成，靠的是「勤儉」持家。在我們成長的年代，她親手裁製子女衣裝，在後院種菜，在中庭養草菇、木耳，還養雞賣種蛋當副業，自給自足也幫助家計，又費心先把大姐、大哥教成優等生、模範生，以申請獎學金減免學雜費做榜樣，讓排行以下的弟妹們「有樣學樣」，她要求、也嘉獎子女們不論學習或做事，要能「自動自發」，對自己的行為負責。

有一次的例行問候電話裡，我對她提起「虎媽戰歌」的作者，耶魯大學的蔡美兒教授，曾經耗時費神的強逼女兒學琴，並威脅不准放棄，女兒終能領略練琴登峰造極表演的滋味。「哎呀，那多辛苦啊！」高齡母親對這家母女的深表同情，讓我想起以前她最常說「硬壓的母雞，孵不成蛋」——絕不勉強我們學熱門科系，只說「行行出狀元，做到頂尖就好」，我雖不夠拔萃，

但很慶幸在大專聯考掛帥、考生選系備受煎熬的六零年代，有開明的父母親，沒強迫我做違反志願的填選。

那時，社會風氣仍屬保守，離家求學或做事的成年子女，交有男女朋友時，當父母的，得知後固然歡喜，母親卻會交代：甚麼樣的朋友啊？找機會帶回家來看看。母親在見過面、或往後的家信裡，總一再申明：信任子女交友會自知分寸，知道拿「同理心」對待。

如此的似捧又挾，即使想違言抗命，恐怕心裡也覺得不太好意思吧？

我們帶朋友回家，父親多數忙公務，母親則滿臉和悅並親切款待，離去後問她意見，她會直言所看見的一兩件事實，但不多說，「講多了不好，自己去交往、多觀察、多了解」。

一直不知其所以然，而今，輪轉到了己輩子女多已長成，也陸續聽過周邊友們的高見：成年子輩在交有男女朋友階段，父母們諸多愛深言切的意見，一旦結成婚，多少影響了兩代的自然相處。當年母親「不多說」的「葫蘆」，恍然之餘，只不知是否還隱含有其他睿智？

隔著大洋，千萬里外，我的子女小時常常盼望、卻少有機會和外祖父母見面，七零年代的台美機票昂貴，留學生的經濟能力也有限，忙轉於進修、工作與持家之餘，還要努力讓兩代保持聯繫，有時是藉著當時尚未普遍的越洋電話，多半是靠寫信、畫圖、照片和寄錄音卡帶以保持親情不墜，的確「有心」去經營、去維繫過，效果差強。每一想及多才藝、知變通的母親，性格裡獨有的堅韌，而海外出生的孫輩子女，卻沒能親歷耳濡目染的薰

不完美的美好

陶，或收受潛移默化的心性冶煉，心裡不無遺憾。

　　母親身體不夠靈動，幸喜仍能接聽電話，我的成年子女，勉強還能以不夠流利的國語，在逢年過節的家庭團聚時，藉著電話和外婆談談天，只要兩代情可以持續溝通，都將是子輩不可多得的百年記憶。

　　欣逢母親壽高福綿的生日將屆，我相信，在天家的父親，也會微笑向人間的母親和子孫，給予親切的祝福。

（收錄於2012年10月商務印書館出版
「芳草萋萋──世界華文女作家散文選集」）

難挽的失落

　　一九九九年，巢空之後，每年至少一趟，多則三趟，往返美、台，探望耄耋父母，忽忽十多年間，父親走了五年，現在，母親也走了，在她守了四十年，和父親退休後，共同生活的老家臥床上。

　　她守住她的家，讓七個子女永遠有個可以回去歇息的落腳處，直到最後。

　　她不喜歡看醫生、去醫院。

　　背脊椎開刀後的七、八年來，今年四月下旬，首次離家出城，坐南迴鐵路轉搭高鐵，進台中童綜醫院檢查，停藥、禁食，照胃鏡、腹部超音波、心肺X光、CT掃描、MRI，加上無數次的抽血檢驗，血管老針不著，手背、腳背，盡是擴散的烏青瘀紫。

　　有一度，母親的雙手背上，各針進兩細條管子，與活動吊架相連，供不時的注射營養劑、抗生素、以及不同的藥水，鼻子又插入兩條氧氣管，心肺不適時，再加罩牆上拉下的氧氣透明鼻口罩，方便吸入溶於瓶管的藥粉。檢查期間，血壓曾暴升，心律不整，前胸貼了五、六圓磁片，接上機器看螢幕心跳，手臂又纏著活動帶輪的血壓機，奄奄一息躺在病床上，也許各部門的醫護人員忙於做一連串的體檢，卻忘了她是一位虛弱帶病、恐難承受如此緊湊驗查的92歲老人？

　　實難相信，進醫院前，只想弄清楚到底是甚麼原因，連著幾星期，老是作嘔、沒胃口的吃得少，但還能獨立作息，經過這

般檢驗，有如元氣耗竭，感染肺炎又胃出血，住院十七日，兩度危急救治，出院兩個多月後，母親，走了！

老年人的生命，多麼屨弱，江河急轉直下的病情，短短三個月不到，就走至盡頭，也許到末尾，母親去意已堅，除了米漿，闔緊嘴巴，不肯再吃藥，繼肝、腎失能後，心、肺衰竭，母親，永遠的遠離我們逝去。

思念，總在分別後，更在永別、不會再有「後來」的時候。

深長追憶過往，花在陪伴老母親身邊的時間，永遠不夠長，事實上，也很難長久，畢竟，歲壽有限，生也有涯。

母親走後，不免心頭反芻，冒生或多或少的「唉！應該⋯」「如果⋯」，即使，當時已盡全了心力。

原來，對已故逝的父母，心裡只會遺憾，為他們做的，永遠不夠多、不周到，而機會卻難再有，怎不自惱？自責？

多年來，很習慣訂期回台探母親，二十多個小時的飛行、換坐四種不同飛機，迢迢歸去，疲憊、年齡加時差，但心有所寄盼，是那種可以見到母親的踏實；今年四月，兩度返台，母親已病著，搭機的心情，很是沉重，七月再飛回，送母親最後一程，而今而後，即使想再空中奔波，探望母親，已屬枉然，失落母親，竟然成為無可挽回的事實，一慟！

送別返美，如同往常，在中正機場臨上機前、沿途的轉機機場，隔空想對母親報個平安，但，即使打到她的電話號碼，再也不會聽到熟悉的「一路平安，順利回到家啊！」一個從此打不得的電話、聽不見母親回應的哀傷與悵然。

回想四月探她時，跟隨我做「十巧手」運動的牽強，自行

拿ㄇ型助行杖，一步一躑的乏力，又眼睜睜見著母親生命的逐漸流逝，一點一滴，從坐輪椅時，精神不濟的支著下巴打瞌睡，從與她話家常，她會說著說著，語音變小，眼皮闔起，晃入了夢境…，有幾回，我停下為她念的文章，輕撫她手臂，喚她上床休息，她猶夢醒般自責：我怎麼會這麼累啊！

母親小寐醒來，喚我上樓去佛堂櫥櫃內，取回她專門為我蒐集在報章雜誌發表過的早期文章剪貼簿，工整并然，按年月編排成一大本，雖然這些文章，多已編入我的第一本書內；她又要我進小臥房，去拿她早年眼力好時，親手織的兩件全新毛背心，是以兩長支竹勾針所拘織，手工細密，圖案紋路清晰，母親要我留做紀念。

我感恩地瀏覽剪貼簿，細緩地觸撫毛背心，眼淚卻不聽話的淌下臉頰，直覺母親似知來日無多、見面難再的交代著後事？母親見我傷情，只說「別難過，人遲早總是要走的」，瞬間，淚水益發不可收拾地縱橫了滿臉。

而後，我隨么妹夫婦，陪她住院檢查之後再返美，發現母親肝臟長了腫瘤，且已擴散，兄長們決定不讓母親知道病因，但採取保守治療，畢竟年歲已高，體力有限。回美三日，得知母親又病危，旋再飛回和手足輪番睡在醫院病床旁陪了七日，幸得醫生團隊的醫護，母親再度穩定且得以出院，身為子女，見她努力配合著各項檢查，承受諸多醫療的苦痛，那種無能代她、幫她的無奈，椎心地難受。

檢查結束的五月上旬，母親出院，不再有又綁又吊的針管，她很歡喜。

不完美的美好

家宅內，又與兩位兄弟陪伴了母親一星期。也許奔波勞累，也或者在醫院受了感染，返美前兩天，自身不支地發燒臥床，平白誤失兩日與母親最後相處的機會。只因，回美後，持續病恙三星期，想再長途飛台並輪值夜班照護，體力已難勝任，而母親每況愈下，等我訂好機票，意欲飛回輪替手足看護，母親已無息離世。

嗚呼，遺憾沒能趕上與母親最後面別，幸有高科技視訊的傳遞心聲，病重時，我告訴母親，我很想念她、也永遠愛她，她會一直駐在我心裡…。

往昔陪伴母親，總特意去娛樂她，照了許多開懷的照片，下載電腦，按年編檔，每一打開瀏覽，為她拍照的當時情景，就晃回眼前，既熟悉又想念，照片的憑證，為我留存了母親美好又慈藹的神韻，然而，難挽地，我終究還是永遠地失落了親愛的母親。

（中華副刊2014年10月15日）

晚安，明天見

　　么妹寄來的羊年賀卡上，提及去歲陪在病重的老母親病褟前，當母親意識還清醒時，曾說：妳三姐每次從國外回來，每晚都會在我上床睡覺前，下樓來對我道晚安、說明天見。

　　當我讀到么妹筆下的這一段句，多麼感念母親在走近生命的終點前，還記我這微不足道的小習慣；又多麼想能再俯身、貼向每晚都早上床休息的母親，親親她的臉頰或額頭，說聲「晚安，明天見」，看見母親展露笑容，略帶澀赧似的寬慰，她總無限慈愛的關照著：半夜、清晨會冷，記得把衣櫥上面的被子拿下來蓋喔。

　　親切的聲音與容顏，宛然如故地，就響在耳畔、呈現眼前……。

　　我的子女，小時的睡前道晚安，在相互環抱過後，「晚安，做好夢，明天見」已衍說成習慣，有鑒於老年人夜長易醒，能做好夢、或是無夢地一覺到天亮，很不容易也不太可能，於是，我簡化了對老母親道晚安的祝詞。只沒想到，成家的手足們，均無如此習性，那麼，我習慣成自然，雖顯突兀，我依然循著我的「習慣」去做，能帶給老母親些許寬慰，雖「突兀」，也值得。

　　么妹又自嘆，她把滿滿的關懷，近年多以購買營養物品的行動默默付出，唯獨缺少言語的親密表達，在老母親的感覺裡，似乎「甜蜜度」不如、不夠啊！

哪兒的話！環了半個島的車程，比起橫跨太平洋的海陸飛行，更經常能有機會回家省親，及時體知、買辦母親的需求，這般貼切、周全的想到、做到，絕對是我所望「洋」莫及的。

也許，處在稍顯保守的民情氛圍裡，甜蜜的話，比較不容易說得出口；親密的小動作，也會有點難度，比較不好意思做得出。

且看國外新生代的表達法吧！

「晚安，明天見，做好夢，睡好覺，醒來做一個好寶寶」，這是女兒教給自己下一代的睡前祝詞。

每當我們相互造訪過夜，蹦蹦跳跳的兩歲多小孫女，夜晚以沐浴乳洗完香噴噴的睡前澡，照例要向長輩以中文道晚安：先來個大抱抱，親吻，一字不差的說完祝詞，再加一句「我愛你，Ｘ Ｘ（稱謂）」。欣喜的我，邊說「我也愛妳」，邊給她一個大擁抱，祝她有個好夢，高高興興的，她由父母領著，上床去讀睡前故事書去也。

小孫女道晚安的甜蜜，已養成習慣得十分自然，她讓我體會出老母親所感受過的溫潤寬慰，心頭漾滿歡喜，下一代的教養，似乎更能「青出於藍」呢。

只是，如此的晚安儀式，因成家子女們的忙碌，而難得互訪，而不能時常享有，而越發覺得甜蜜，我終於了解了老母親，為何臨終都還會「記得」我對她的道「晚安」習慣。

寒凍時節，由不得想起天冷便會提早上床，以棉被把自己嚴實蓋暖的老母親…。

晚安，我遠在天家的母親，明天，又會見妳從鏡框裡，一

如往昔，對我展露慈藹的笑顏，雖然，我再也無法親耳聽見妳慈愛的關照：半夜、清晨會冷，記得把衣櫥上面的被子拿下來蓋喔。

（中華副刊2015年4月8日）

灰藍毛背心的故事

　　母親在世的最後幾年，我的確是真心想向她學點針織的好手藝，但也料定，即便打件簡單毛背心，對我來說，也難免需要打打拆拆，遂買看久也不刺眼、男女皆宜的灰藍色，趁回台探望時帶上，母教女學，藉著活動、多點話題，怎會不好？

　　也許自己對針織從也沒開竅過，中學家事課，學了基礎，總是由母親幫忙做收尾的善後工作，這打毛衣個案，想像中的美好意願，與學習時的五分鐘熱度，難成正比，畢竟專攻非我強項，根本就是對自我耐力與能力的一大挑戰。

　　生澀的學上手，也曉得如何圓轉彎的往上打了幾排後，眼熟的母親，才看，就指出有兩處漏針，見我拆掉重打時，沒了笑容，也少了興致的模樣，母親嘴裡不說，心裡好似有點過意不去，在我宣稱「暫停休工」，改為上樓練字後，竟然接手幫我打至原先進度，而且還超前許多，我下樓得知後，好樂，卻不知好歹的撒賴：「哎呀，這樣我就少了學習的機會啦！」現今想來，真恨不得自我掌嘴！嘴不甜、多不討喜呀，就說「謝謝媽媽好意幫忙，打得這麼漂亮平整，我學都學不來哪！」為何許多事，非得走過了當時的事後，方才知道該怎麼說、怎麼做？

　　回美，打打停停的，因多處斜錯針，又不知如何修正，乾脆束之高閣。

　　2013年夏，外勞請假返越南，我回台幫忙，有三星期和母親共處，遂又掏寶般，找出雛型毛背心帶回家，藉機再向母親請益

也學點後續，總希望能繼續努力，打出成品做個紀念。

當我訕訕然向母親呈現「拙作」時，她只笑而不語。

明知她個性仔細、喜歡零缺點，我趕忙自找台階下：「針腳長短不齊，還鬆緊不一的打錯針，我看，只有拆掉重來，才有平順的可能。」自知手拙，先主動提出必然的下場，雙方反而都有舒了口氣的輕鬆自在。

而後，幾回教學，我的蝸牛織打速度，進展緩慢，母親也看出，即使幾十年過去，那個家事作業，老賴她收尾的女兒，仍然不是「打毛衣」的可造之材；又見我上樓寫書法，一練就兩個多小時，還心平氣和、帶著笑意走下樓秀她成果，看得當時坐輪椅上，戴著老花眼鏡，正幫我拆打背心的母親，忍不住建議：「妳就練字好了，我來幫妳打毛背心。」

我開心得如聞天籟，又如逢大赦，半是討好，也半是愧赧地，連連發問：會不會太傷眼力？要不要去躺躺？千萬別坐太久、打太久啊！

潛意識中，的確是真心想向母親學點織衣手藝的，然而，一試再試，資質不才的勉強不來，又能奈何？

自此，母親午寐後打毛背心，我上樓練小篆，成了午後各自打發閒暇的模式，間歇也會下樓探望、說點小話。

有回，我突發心思，想拍母親九十二歲打毛衣的神情，拿著已打開焦距的相機，躡手躡腳，才下樓，冷不防，耳聰的母親，轉頭相看，我忙不迭按下快門，捕捉得面帶笑容、雙手因正打毛衣而畫面略顯模糊、一張母親最自然神情的家常照，趁著興頭，我對母親說，很不錯呢，可是沒拍到正面，再來一張，會更

好喔！

　　母親很合作又配合著讓我拍了幾張，彼此照、看得滿意之餘，我順勢秀她練字成品，「喔，我的女兒好能幹，會寫這麼大的字！」我聽了呵呵噴笑，提拿斗大毛筆，練寫篆書，不寫大字，還真不知該怎麼寫成小字？不論如何，寫篆書，能被母親誇獎「能幹」，一掃打毛衣低能的「遜」，心底還是滿受用的。

　　那些不時揚展歡聲的夏日午後，那件最後還是由母親接手，收尾打成的灰藍毛背心，點點滴滴，就如此停格在我的記憶裡，長長久久。

　　也不知何年開始，每次回台探望耄耋父母，老父親眼裡總流露著愛憐，老母親則口頭常說「我好珍惜」，想是父母親感受子女遠住國外，多則飛二十多個小時，回一趟台灣，見面多麼不容易的因憐惜而珍惜，反向尋思，其實應該是當子女的我，與老邁父母親相聚時光無多而該多愛惜而珍惜的。

　　自是，灰藍毛背心，成了我心頭永遠的珍愛，而父母親都已先後遠赴了天國，但，也不遠，他們就住在我深心中、腦海裡，從也不曾離去過。

　　（寫於母逝四周年忌日）

　　　　　　　　　　　　　　　（中華副刊2018年10月7日）

打灰藍毛背心的九十二歲母親

綠陰蒙蒙，朱實離離（作者篆書）

不完美的美好

生日緣會

　　生日，一個母親生我的日子，其實，也應是母親的生日，一個與母體斷臍、讓我降生的生產日。

　　小時候過生日，母親從「台糖福利社」購得一包駱駝餅乾、500公克水果糖、外加一雙白學生襪，再親手做一碗雞湯麵加兩顆白煮蛋——麵條長壽、全蛋保平安，便是為子女「慶生」的慣例。

　　時值台灣「自力更生」「克勤克儉」的光復後年代，在同輩中，已夠奢華的了。

　　離家上大學，慶生的慣例，演變為祝生日快樂的家信，兼併零食、衣物包裹，滿載母親的關愛，遠程郵遞馳來，「有媽的孩子像個寶」，心頭好不溫暖。

　　然而，小鳥一旦飛出鳥籠，就再也不會是原先那隻單純的鳥了。

　　朋友、同學、室友、親長，乃至就業成家後的同事、學生、配偶，生活圈不斷擴大，甚至於展翅飛得更高、離得更遠的來到異國，心多旁騖下，逢「慶生」的日子，母親聯同父親，合寫淡藍航空郵簡的生日祝福，夾在諸多相關活動中來到，帶給我更多歡展笑顏的暖意，天涯海角，儘管人生角色已多層改變，依然是他們掛懷的女兒！

　　也不知何年開始，父母親相繼眼力不濟，信寫少了，甚至不再動筆，我打越洋電話問安，若巧逢生日前後，他們多半就著

話家常時，順祝我生日快樂。

2009年，父親高齡過世。

越一年，母親居然突破慣例，率先打來越洋電話祝我生日快樂，我驚喜莫名又感動萬分。

怎也沒料到，年邁獨居的老母親，在她落單的晚年輪椅歲月，還知曉如何打一長串阿拉伯數字的越洋電話，為遠在天邊的女兒慶生，我這頭接電話，高興、驚訝、加不捨，怎麼敢當呢？可以想見輪椅上的母親，正拿著行動電話，滿臉愷祥，以福州話對著話筒說「安蒸，祝妳生日快樂！」我歡喜的謝過後，趕緊請她掛斷電話，我再從美國打回去，雖然那頭會揚聲傳來「不要緊啦！」不捨得、也過意不去讓母親破費，總要等電話再接通後，母女倆才繼續未竟的暢聊。

心底中，八、九十歲老母親的越洋賀生日，真是一份最特殊的禮物，由老母親千萬里外，親手、親口傳送來即時的心意，又有幾個進入耳順之齡的子女，能夠擁有這等幸運？這等幸福？

說起年齡，時光確實愛把流年拋，人海幾番生日輪轉，不知怎地，竟把自己過成進入耳順階段的「老嫗」一名，怎會這般光景呢？一切不都還照常運行如昔？也許內心還沒準備好吧，感覺心裡年齡一直追趕不上實際年齡，再說母親還在，還有老一輩，又怎會想到自己居然會步上初老之階？

年年與生日照會，儘管逐年看淡，隔州的成年子女再忙碌，難得有心，總儘量趕回看我吹蠟燭添歲。於是，趁機能夠全家團聚共歡，取代成為勞眾回巢慶生的重點，而老母親每年僅此一次的越洋電話，為聚會添加另一高潮，母女原本臍帶相連，生

日能聯繫上，意義非凡，每一念及母親生我而承受崩裂劇痛，額首感恩！

再美好的時光、再歡愉的氛圍，總也有臨了的時候。

子女、甚至過去幾年新增孫輩的伊呀兒語，都加入越洋電話陣容，大小輪番上陣和老母親小聊幾句，按下麥克風鍵的電話，可清楚聽見母親那頭傳來歡喜的聲調，大家的興致，沸沸揚揚，堪稱三代同歡，最是記得北美出生的兒子，有一年不甚流暢的中文對話：「外婆，謝謝妳生下我的媽媽，我有媽媽，才會有我」，喜歡追根尋本的天性，那會兒真要讚他運用得好極了。

2014年夏，九十二歲的老母親，走完生之旅，回歸了天家。

紅了櫻桃綠了芭蕉過後，又迎來今年金燦秋季裡的生日。

陣陣蕭颯秋風中，戀戀追憶過往慶生時，老母親溫暖的越洋電話祝福，猶清晰響在耳際，然而，母親究已乘了黃鶴杳然遠去，惆悵遙念，我遂也和當年的兒子一樣，感謝母親生我入世，母女有幸今生緣會，永難忘懷。

（中華副刊2016年11月25日）

扶搖直上的思念——永遠的爸爸

When someone you love becomes a memory, the memory becomes a treasure.

——Sagatuck Garden

　　細雨的黃昏，晚餐吃多了，沒法外出散散步，只好隨意在廚房和起居間的長地板上來回踱走，似乎少了點甚麼的想邊踱邊做點甚麼。過往，我會拿著行動電話打國際專線，邊踱邊和年老的爸媽輪流聊聊，尤其愛和老爸說說話，如今，電話裡，爸爸永遠的缺席了，只能憑記憶重溫他那天生帶著笑意的聲音，稍稍撫慰蠢蠢蠕動的親情想念。

　　老爸重聽，不習慣、也不怎愛戴耳機，外地子女打電話都愛和媽媽有說有笑的互聊，老爸卻常聽不清、會錯意，又不願添子女一再重複、再解釋的諸多麻煩，乾脆自顧自先把話講完，再說聲「讓妳媽跟妳講好了」，便進房去休息。人際往來，一旦少了言語交談的互動和參與樂趣，會是個多麼寂寞的世界？哪會是聽力正常、不常見面的外地忙碌子女，可以體會想像的？往年返台，我老愛繞他小聊、逗他說笑，老爸曾以家鄉話對媽媽說「女兒回來，就黏啊、貼的，會纏在你身邊，滿親切的！」不計形象與年歲的繞轉癡黏，有時還撒賴兼耍寶，也許比老萊子娛親有過之而無不及，其實，純粹只想逗老年父母開心罷了。

不完美的美好

老爸年輕時很喜歡周璇唱的「花好月圓」，興起時，哼上一段，每每聽他以天生的好歌喉開唱「浮雲散，明月照人來，團圓美滿今朝最…」，我正讀初中，常不自覺停做功課，豎耳諦聽得陶陶然。老爸的語音，就像他在下雨天時，偶而會對著被雨水洗綠的窗外，吟誦李後主的「簾外雨潺潺，春意闌珊，羅衾不耐五更寒…」是那種充滿感情的讓人心動，形象鐵漢的他，竟也會有柔情的一面哩。

　　機緣有巧，爸爸出事之前的最後一個夏天，我曾回家陪伴度過三個星期，如今想來，格外難忘。

　　由於在家一連幾天觀察，老爸的作息多侷限在客廳按摩椅和臥房床鋪之間，知道他早醒又早起，便和他訂個早晨的約會：趁夏陽還沒爬上來前，推帶他坐輪椅逛糖廠社區和小學，兜兜風，也順道看看老家舊址變公園以及附近興建的摩登住宅，不長，一個小時足夠。

　　五點鐘的約會，根據睡底樓的媽媽事後轉述：老爸四點半已穿妥衣鞋，靜坐紅色按摩椅上，不時望著客廳牆上的掛鐘，只等我下樓好出門，果然，到老都還是素性緊張的急性子呢。

　　那回的大清早，出遊於天光早亮的夏日晨風中，心平氣和的老爸，笑容悠閒，殷殷有禮的和前來打招呼的早起鄰居點頭寒暄，在我幫忙下，採了五、六朵老家茉莉花，輕放胸前口袋，打算回家送給老伴。輪椅粼粼壓過柏油路面，所繞經之處，老爸因久不出門，許多社區新長的牆花、街道盆栽、小花園景、橋畔菜圃、堤岸花苗…，頻頻讓他有「發現新大陸」般的意外，回家進門，不忘掏出茉莉花送給媽媽，小睡過後，竟有滿匣的話題和媽

媽敘聊，一趟外出，家門外，風光的改變，頓成分享的新聞哩。

　　有天下午，見他短寐後顯長又壓斜的灰白髮，我約他次晨陪著上廠區理髮廳剪髮，看起來一定會很光鮮！他笑了，卻自嘲：「都到這把年紀，還談甚麼『光鮮』喔！」次日，起個大早，按慣例，理髮廳的所有座椅、用品於前夜打烊前，都得清掃妥當，九十二歲的老爸，執意要當剛開門的第一位顧客，原本就愛乾淨的個性，並不因年邁而改變呢。

　　子女多、開銷大的五零年代，家住南投，少有機會能上台北吃大陸內地的美食，而老爸的中學在北平，大學在上海度過，嘴饞時，他會念念不忘海峽那邊，記憶裡的綠豆糕、山楂糕、雲片糕、杏仁桃酥、芝麻小餅、甘草蘭花豆、糖炒栗子…，說得甜香，讓人垂涎又嚮往的，是嘛，光聽名堂就已癮饞得不行，怎會是當時的枝丫冰、紅酸梅、泡泡糖、黃橄欖…所能畫上等號的美味？而後，子女們陸續北上求學、做事，南下返家前，只消走訪台北專賣零嘴美食的「老大房」、「老天祿」，便能解決買禮物的困擾，其容易，就像老爸的秉性——簡單俐落、不添麻煩，讓人感覺好不輕鬆。

　　從笑容開心的和在家子女分享美點，而後空巢幾十年，多和媽媽滿足地共享美味，直到最後雙腿乏力需靠拄杖晃行，老爸的手已剝不開裂嘴的板栗，牙也啃不動甘香蘭花豆，嘴吃著糕餅，卻大半掉落襟前、桌面、地上，對零嘴的興味，到此已庶幾索然，只淡言：「能吃真是福氣」，當時的我，看在眼裡、聽進心裡，愣愣的，一時也不知該怎麼接話？卻本能地逗他：「爸，您不是還喜歡中秋的白皮綠豆凸嗎？切小塊點不就成了？」

不完美的美好

老爸苦笑，若有所感的說了一句：「恐怕過不了今年中秋」，我一連「哎呀」幾聲，不以為然的輕笑他可還要再度過好幾個中秋呢；對他之前向我口述的夜晚所做離奇喪葬怪夢，我逕自拿自以為是的合理邏輯，一再解說分析給他聽，老爸只雙眼茫然地瞅著我，沉默無一言。

返美第四十九天，驚傳老爸中風，經急救，缺乏意識又不能言語、行動，病褥上，困難度過兩年八個月後，回歸了天家。

細雨濡濡的黃昏裡，拂去記憶的輕塵，拾取老爸仍健在時，和他共有的最後一段回憶，有限，卻不斷地絲縷苗長、不斷地扶搖直上，彷彿逸入了天廳，如果能有天人專線，如果能再聽聽他那帶笑意的語音，如果能再傾聽他唯恐聽不清、會錯意而自顧自的講電話…，悵悵然，空留下永遠的思念。

（中華副刊2011年11月28日）

玉戒

　　自從2004年春，母親摔跌，脊椎受損，動過手術後，情況穩定下來，我心中常想為她買個日日佩帶、保平安的玉飾。

　　聽說緬甸玉，無論品質或色澤，均屬上品，趁珠寶店打折機會，為她挑得一只大小適中的玉戒，有著橢圓淡綠帶灰戒面、兩顆真鑽綴飾兩旁，作為生日禮物送她，虔祝她福壽平安。

　　母親歡喜戴上的那刻表情，依然鮮活在記憶裡，能送到母親心坎的禮物，畢竟是子女莫大的榮耀，防跌、吉多、祥多的祝福，適時隨禮一併奉上，「好高興啊，媽媽喜歡我送的禮物」我對自己滿意極了，用心又被賞識的感覺，真好！

　　子女七個，排行居中的女兒，我，從也不曾是父母冠頂那顆最璀璨的珠玉，但，能送一顆比美母親冠頂所鍾愛的珠玉，似乎提升不少內心的自我評估。

　　忘了何年何時，妹妹提起媽媽遺失了我送她的緬甸玉戒面，她很難安，但確定，在不太外出的情況下，一定只掉在家裡甚麼地方，已交代了外勞，在打掃時，幫她留點意。

　　寶愛的信物，總以為能長伴母親左右，願望落了空，心裡自然不是滋味。成長期，那種可有可無、不頂受重視的感覺，悄悄浮出，子女眾多，能得寵、受寵的機會，就如同這只玉戒，並不常有、長有被母親戴著的榮幸啊。

　　「沒關係，掉了就算了，要不要我再買一條玉片鑲金的手鐲，比較不會被刮掉？」母親對我的提議，一連迭聲搖手說「不要」，而後返台探她，母親戴的是么妹送她兩只不易受刮落、不

同款的K金寬環戒。年齡距眾兄姐都差了一大截、有如獨生女般長成的么妹，總能適時成為父母貼心的撫慰劑，自幼承受父母諸多呵護的小女兒，懂得回報，母親多值得！

　　台、美兩邊往返，定期探母的又過了幾年，回家見面時，或越洋電話裡，母親偶而談起她所保存的飾物，懷著歉意，總慎重的對我重複：「我很少出門，一定是掉在家裡甚麼地方」。戒面雖掉了，但母親還把戒指框座收妥，當初選購時，沒為玉戒買保險，想再買新玉戒或金玉鐲相送，母親都「不要」，我又能怎接話呢？只好暫把話題引開，請母親就別往心裡擱吧。

　　2013年，母親過世的前一年秋天，越洋電話裡，滿是欣喜的語音「告訴妳喔，好消息，妳那個玉戒戒面找到了」，原來，玉戒面在不經意中，被刮掉在母親臥床的床頭靠牆腳邊，和大理石地面色澤相近，外勞仔細打掃角落時找到。

　　母親一向擅長女紅，即使年過九十，依然穿針引線縫補、織毛衣，她高興地繼續往下講「我趕緊戴上眼鏡，拿小鉗子，把戒面仔細鑲回戒框，鉗的緊緊的，也檢查過好多遍」，透過母親親切的口語，好有畫面，想來就溫心又感動。

　　母親過世後，飾物盒裡，子女們各自取回過去送給母親的首飾，作為永久紀念。

　　撫觸潤澤光滑的戒面，四支茉莉花托的K金指夾，往上緊緊夾抱橢圓玉戒，鉗得牢固穩當，一點也不比銀樓玉匠的手工遜色！戴上玉戒，我心頭剔亮：母親一逕是在乎我、愛我的，即使分得的，只是七分之一的母愛，但，母親終究留給了我最難得、也買不到的最後親手澤。

（中華副刊2017年9月15日）

深沉的愛

一巴掌打下，出手的丈夫「驚駭」，被打的妻子「驚愕」…，對方和自己，雙雙瞪目互視，空氣凍結得連當觀眾的我，也不免錯愕！

「喝下去，蜜糖，妳一定要喝，妳再不喝，會死的」，病褟前，親侍湯水的蹣跚老伴，對著躺床上，言語、行動都很困難，緊閉雙唇拒食的二度中風老妻，平和勸食。連呼吸都顯沉滯的她，勉強吞入兩次，第三回，乾脆含入口後又奮力噴吐出來，見狀，前一分鐘的耐性、愛心加理性，頓時烏有，他下意識的朝她出手摑頰，是盡心費力後的灰心吧，雖然，他又馬上對她道歉。

周末，觀賞獲得奧斯卡金像獎2013年最佳外語片的「Amour」影片，以法語發音配英文字幕，耳、目間需忙碌掛鉤，感覺了解得不夠自然平順，但這突兀撼心的一幕，瞬間過目，卻難忘。

是甚麼樣的愛情，讓老人願意守住妻子剛病發時，對她不願看醫生、不喜住醫院的承諾：不送她住進醫院？照顧中風老人的看護工作，冗煩、瑣碎，對常人都是一種試煉，何況是一個行動緩慢的垂暮老人？難怪受雇替他買辦雜貨的相熟男工，是哀憫，也是誠心地，當面對他表示「hat off」的敬意！

長遠的婚姻，走成了這對無論言談、舉止都有文化素養、同為退休音樂老師的老夫妻間，相知相惜的感情，臨老發病，卻屬痊癒無望的深度中風癱瘓型，正是清醒的靈魂思想，寄居在一

具陌生、不聽使喚的軀體裡，生病的人，悲慟，照顧的人，麻木得不知隧道外還有天日，除了無語問蒼天，又能奈之何？

日復一日，當床上病久的老妻，乏力猶斷續喊著「痛」，老人受召般，循聲踱進臥房，拖過老妻左手，輕搔手背安撫，和緩寬慰地說起自己童年因使性子被罰、生病被隔離的往事，生動宛如說著床邊睡前故事。故事說完，望著病妻因移神、專注而停止呻吟，顯現難得平和的瞬間，老人突然傾斜越過妻身，抓來另一側的枕頭，全身使力往老妻頭部覆壓，病弱的她，經過短促的窒息掙扎後，解脫了。

不論戲內戲外，這都是一幕心緒難能平息的悲傷高潮。

對一個病、痛得不欲生的摯愛老妻，老人多少的溫情、人性和深沉的愛，以最不尋常的的方式表達，是出自絕望、不忍，也或許是成全病妻一再拒食求死的意願吧，內心由不得升起了因驚而憫的悲哀。

劇尾，老人親挑老妻大體禮服，買來白色花朵布置並將床室封鎖後，自己不再飲食但寫日誌，多日後的迷離恍惚中，好像聽到廚房有流水聲，搖搖欲墜的走去，竟是老妻洗完了碟盤，對他一如往昔般相邀，兩人一前一後，都走出了大門…。

散場後，游目四移，但見觀眾表情多屬凝沉，反映出了編劇對老病的寫實力，引人慽慽省思。

歐美生活，能力夠的老人、子輩，都儘量追求獨立，如此的戲劇結局，有一紐約影評家，盼望觀眾能「分享其中的甜蜜，並學習些智慧」（share its sweetness and wisdom, and learn something）；我卻以為，東方民族雖也「追求獨立」，長遠以來，國情、民情

裡，多少存有的孝道文化，不知是否會有變通的處理？若得此般
劇終，不免悽惻，但就劇情各個角度思之再三，也想不出雙贏的
解決辦法，只能感嘆：老、病，乃不分國際的人生共相，這部悲
調的歐美老人電影，無庸置疑的，劇中老人，對妻子所傾注的
愛，到老、死，也不曾止息過。

（中華副刊2013年5月15日）

將軍的眼淚

　　「我一直握著她的手，她還對我笑，怎麼就走了呢？」滿是不解加不捨的語氣，九十七歲的他，躺臥床上，以面紙覆兩眼，淚水卻從面紙旁，緩緩淌流下臉頰。

　　我忽然記起靈堂上，那付白對聯：

　　　「夫妻情深從此人天兩茫茫
　　　　相互扶持如今訣離成大慟」

　　七十年的感情，頓成為永訣，又怎麼能夠輕易地說放下就放下、說忘記就忘記？

　　為免哀傷失儀，而選擇了不參加髮妻的追思葬禮，將軍的顧念，親友盡皆了然。

　　出身黃埔軍校的他，當年奉命由滇緬邊界山區，聯統軍隊撤退來台。擔負重任於局勢急迫中，以鎮定智謀的策略，如期完成一星期的期限指令，糾集駐守山野間的上萬士兵，安全撤離，達成任務。

　　似乎，面對再艱鉅的不可能，都能安然過了關；遭逢再欠缺的資源危難，也都能克服走了過來，唯獨要承受七十年結髮夫妻的人天永訣情，最是難捨、難離、難受的難過！

　　也許，掄起感情鶼鰈章，即使再堅毅的大將軍，也難免如尋常百姓人家一般樣吧。

一直握著髮妻手的將軍，率同大、小家人齊齊圍伴病床前，目送髮妻平和安詳、宛如長睡入夢地，含笑離去她的人間九十一年歲月，也走完了她福壽雙全的一生，將軍此刻思念的眼淚裡，想必也飽含有不盡的無言祝福吧。

（中華副刊2012年5月17日）

投歸金紅色的落日

　　也還記得去年五月，電腦上看華副，讀到「癌症病房隨想」，作者為喻麗清，我初以為是她探訪哪位親友之作，仔細看完，大吃一驚，豈止一驚，簡直有如五雷轟頂的震驚！

　　怎會呢？怎會是她呢？

　　麗清姐和我，只有幾回開年會時，見過面，聽過她的講評，也合照過，僅此而已，但，神交極久，印象中，我讀大學時，最喜歡讀她和簡宛的作品，七零年代，又常在北美創刊的世界日報，讀著她來自「水牛城」的專欄，親切有味，而後她搬到加州寫「柏克萊隨筆」，這一路追讀間，還曾回台買她的「兒歌百首」做為我教子女、教中文學校的參考讀物……

　　讀「癌」文，對她坦然面對又泰然接受，且治病中，還寫詩作的淡定，打從心底，深深佩服。

　　顧不得許多，去年五月六日，我冒冒然寫了一則電郵給她：

　　麗清姐：

　　　　頃自華副讀到妳的「癌症病房隨想」，我真真實實大吃了一驚，怎會？如此病中，明白道出病情，寫下絕美的兩首小詩，麗清姐，妳真是一位讓我敬佩的勇者！

　　　　也許妳並不記得我，但我卻清清楚楚的記得幾次在

海外女作家大會上，以見著心儀大明星的心態，捧著相機，站妳身側，請文友幫我們拍張合照，心想：好平易、好年輕的文壇名將！

之後，每讀到妳的新作，格外親切，但，怎麼了？也該算醫學界人士呢，病情終會穩住的，做為一名妳的fan，衷心替妳加油！大家都想多拜讀妳的新作呀！

寄上對妳或許屬於一位陌生文友的祝福，其真誠，毋容置疑。

任安蓀　簡上

電郵寄出後，想著心意寄達就好，我所能做的，就只有區區這麼丁點了！

不想五月八日，竟然在電郵箱裡，見到她的回郵，驚喜一分，不捨、難過，卻占了九分。

安蓀姐妹：

謝謝你的關心
到了這個時候不勇敢也不行
我已經吐血二次在醫院輸血
自知不久於世
謝謝做過我文友
謝謝我們的文緣
祝母親節快樂

麗清

　　一年後，頃獲她已於八月二日晨離世，我重讀去年她發表在華副的病中小詩，再一次感受她在醫院治療、度過生日、對愛的美好世界的難捨心境，黯然之餘，祈祝她已如其詩作「最後一瞥」（附註）裡的句子，獲得了提及的「自由」，卸下生病、治療的種種苦與痛，像一匹脫韁的野馬，在奔跑中種種不適都消失了，但把心裡戒不完的依戀，投歸地平線那一邊的金紅色落日，依舊盡情燃燒她對文學無盡的情緣。

　　地平線的這頭，所留下豐沛的文學創作，將長烙在許多喜愛她文字的讀者如我的心中，輕輕道聲：謝謝妳，麗清姐，永別了。

（中華副刊2017年8月21日）

註：
最後一瞥／喻麗清

大海就在我的面前
像一片藍色的大草原
天氣這麼美好
沒有鳥也沒有魚
只有一匹脫韁的野馬
在奔跑

自由原來是種種的消失
地平線的那一邊
卻還有金紅色的落日
在等待

多麼想揮一揮手
把所有屬於我的都帶走
我的功課難道還沒有修完
戒貪戒痴戒不完的依戀
就是投我於天堂
我依舊會燃燒

這愛的世界
所有的美好
值得再來一次
再來一次

行旅

旅行，常添有異於平常日子的見識，肢體或也難
免勞累，假以時日調養，疲困漸消漸忘漸平，不
察中，「旅心」又悄然浮出，上了話題……。

正義勇者

從松山飛往台東，將抵終站的高空上，透過麥克風，機艙長有禮地廣播：飛機正準備下降，請乘客們綁好安全帶，請關手機⋯。

播音靜止後，才想著：真好，這趟漫長的旅行，國際加國內的搭機、等機加上班機延誤，三十多個小時後，總算快要飛達底站了。

「ㄟ，你不可以在這個時候，還用手機打電話，很危險的啦！那會干擾飛航的電訊系統，關係你、我、還有全機人員的安全，機長不是教大家要關機嗎？違規做事是犯法，是要被罰錢的。」

隆隆的飛行聲音，充斥於靜默的下降時空裡，隔著甬道，坐我右側的這位發言老人，斜轉臉，向我後座的一位乘客大聲指正著。

「我以前在國外旅行，有一次坐飛機時，也有一位像你這樣在機長宣布要旅客關機，準備下降後，還暗中打手機，空服員就走過去告訴他干擾了飛機導航系統的安全，違規犯法，有罪要被罰款的，有關全機旅客性命的大事，不可以開玩笑啦。」朗朗的再敘說明，在感受機身逐漸下降的肅凝中，聲聲入了耳，而後座的旅客，自始至終，不曾聽到發出任何聲息。

應該是羞窘慚愧吧？基於禮貌，也因綁著安全帶的身子不便轉動探看，但覺得敢說敢擔的膽識和言詞，還真不多見，甚麼

樣的一位正義良民呢！

　　眾乘客排隊站在走道等下機時，這位身穿便裝、髮白、右腿略不良於行的拄杖老者，背著紅色背包的體型尚稱硬朗，他語氣明顯的緩和，又對這位旅客，原來是一位老婦人，和顏安撫似的補說：「妳、我都是老人啦，時代不一樣了，還是要注意點，知道現在飛機的規矩才好。」

　　訕訕然的老婦人，極不好意思的連聲說「是，是」，排站在他們後面的我，體察完有若「空中義警」的對話實景，對這等勇於維護空航安全的社會進步，充滿了耳目一新的驚喜。

（中華副刊2011年7月14日）

紐約！紐約！

　　隨著擁擠的下機人潮，走過幾條長道加電梯，再朝向班機指示看板下的行李轉盤處聚攏。

　　望望周遭，只感覺紐約的拉瓜地亞機場，實在遠不如這個大都會的聲名氣派，饒富興味的各色人種和服飾百態，卻又不折不扣地表明這是一個有容乃大的世界級都市！

　　心想：機場門口，該會有負責接送的各家旅館服務專車吧？其他大都市不都如此？放眼溜看排隊的計程車和巴士前，穿插著上下不息的旅客，我瞅個空檔，欺身往前，向一位司機模樣的年輕黑人詢問：何處可搭旅館小巴士？手上正忙著收錢的他，列齒一笑，「就在這兒，去哪家旅館呀？可以上這部車！」我抬頭一望，大眼睛！水泥柱旁，正正地掛著「Shuttle Bus Stop」。

　　這是一部有點年紀的小旅行車，司機和前座旅客以外，後面只有三加三加二的八個位置的三排沙發椅和行李艙，上車時，已有五名乘客散成二加二加一的坐成三排，可能車座較小，顯得其中四名旅客身量龐然，外子和我，選向進出容易但椅座縮進左側、留出空間當進出踏板的最前排，和一位體型稍大的女子共座，兩人位置坐三人，不怎舒服，但至少比起和兩位重量人士、四人共擠三個位置舒服一點吧？

　　週末的機場交流道，開開停停的磨蹭，好不容易稍快行駛，沒五分鐘，司機又停車跑進機場玻璃門內消失不見了。

　　望望不多的剩餘空間，我納悶著：不都近乎客滿了？大熱

天呢。

　　司機又帶過來一對穿夏威夷花衫的老夫婦和戴帽年輕小夥子。

　　靜待中的一車旅客，此時無不對他們行注目禮：但見三人的行李，被往後艙堆放妥當，小夥子率先坐進司機旁的客位，老婦人則在她丈夫示意下，往裡邊兒的最後排坐定，好了，中間排的三個位置，早已被重量夫婦坐成僅剩近半個座位，這位中等壯健的老先生，欠欠身，擠擠地塞進座椅，似乎部分身子猶不得坐實的懸空下，他喘哈口氣，邊挪動著身體，邊不自在卻又無可奈何，隨即幽默朗聲道：歡迎來紐約（Welcome to New York）！

　　舉座無不莞爾兼爆笑！

（中華副刊2009年9月24日）

飛航途中

月前，從加州飛返密西根途中，一趟旅程，十分醒神有味。

以往搭乘美國國內外不同航線的飛機，多見年長穩練的空服員，這回所搭乘的達美國內班機，似乎換上一輪新血，不僅登機前的地勤人員，由年輕男女當關，即便機上的服務員也都屬清秀幼佳人，一時頗讓我錯覺：是否自己驟然老化，以致眼前但見少年人多？

登機後，所坐的中間座位，與一銀髮紳士為鄰，見他不時和坐另一邊的同排女士，隔著走道互動，我遂好意詢問：「您兩要不要坐一起啊？」沒料到，男士斬釘截鐵的回答：「不，我不要。」我愣了一秒，女士大概見我好意斷然被拒，滿臉笑意的面朝向我解釋：「起飛後，他會睡覺，我將會閱讀，我們不需要坐一起，在家時，已經經常的坐在一起了。」銀髮紳士精簡隨答：「她說得很對。」之後，便站起身，打開頭頂行李艙門，從他的隨身箱內取出一粒藥丸吞下，喝點水，便入座閉眼睡覺。

心想：真是坦誠又實際、毫不做作的知己知彼老伴！

我翻看完文摘、雜誌，寫點札記，從座前的小銀幕電影，點選看了一部中國電影，劇情編得多偏巧合，卻有一幕劇詞和畫面，十分觸心：同住美國的老伴過世後，老奶奶回答陪她回大陸探親的房地產經紀人，對所謂「家」的問話。老奶奶答道：「人在哪裡，家在哪裡」，年輕的經紀人篤實再問：「人不在了呢？」老奶奶伸手抓起年輕人一隻手，安放在他的胸前，慈藹笑著說：「人不在了，家就在心裡」。由於近年雙親先後故逝，聽

不完美的美好

在我耳裡，不免生出幾分戚然，沒了爹娘的家，娘家自是永遠的隨著心，走天涯了。

機艙裡，開始販賣推車上的簡單午餐點心時，右斜前方的便裝老婦人，取出自帶的貝果餅圈和盒裝沙拉，又掏出裝有各式藥丸的透明塑膠袋，請走近的空服員，將飲料車的瓶裝礦泉水，加滿到她的小真空瓶罐裡，欸，年紀大了，出門飲食，能自我保重得如此經濟衛生，真不容易呢。

正當大家都吃著午餐時，我鄰座的妻子，不知何時，已按過鈕請來空服員，低聲抱怨，才從餐車購買得的三明治，實在讓她無法享用。

原來，這份屬於健康食材的火雞三明治，才吃了一口，竟吃出髮絲，這條髮絲，和其餘生菜、火雞肉片裹在一起，挑起長髮，尾端還黏著一小片肉屑，看著都沒了胃口的吃不下啊！女士要求退還這份食物。

也許尚無經驗吧，第一位年輕空服員無法決定如何處理，特地請另位服務員來幹旋，這位似較資深的空姐，先是道歉，再以手機分別拍下女士所搭乘這班飛機的登機證和髮絲黏著肉屑的照片，又記下女士的電郵、電話、以及住家地址，以便向上呈遞聯絡。

可見，這班飛機的新血輪組合，雖年輕，也仍搭配有資深、富經驗的幹練人員夥在其中。

我從旁觀察女士經過了這番處理後的表情，想來在不久的將來，達美航空公司寄出「錯失補償」後，應也會回收到一份「服務滿意」的問卷回報吧。

（世界日報2017年4月4日）

自駕車的護身符

　　出門開車，安全第一，哪怕一萬次都沒事，就只擔心萬一出了事，既然定居北美，除了定期續約繳汽車保險費以外，我們每年多花五十二元年費，另購AAA全美汽車協會保險，除了可索取旅遊地圖、導覽手冊、旅遊計畫諮詢和多種租車、旅館、餐館的打折，開車旅行，遇上難料的車況發生時，備有額外保險，總是多了一道護身符，何況幾十年來，還真派上幾次用場。

　　早先的汽車裝備，沒有太多的先進科技，一支車鑰匙就是發動車子的首腦，偏偏忙碌事多時，停車拔出車鑰匙後，會無意識地，隨手便往旁座放，然後就離座按鎖車門…，幸好在城內，可打電話請外子帶另一支車鑰匙趕來救援。

　　真正不妙的一回，要數越州、進加拿大旅遊的那次。由於長途開車，目的地到達，打開車門，讓四肢百骸鬆弛，大瀑布美景當前，立馬前往探賞，回車才發現，興奮失常的後果，就是我又把唯一的車鑰匙鎖在車內，情急之下，外子試試美國AAA的800號碼，沒想到竟然可以在加拿大通用，十來分鐘後，加拿大CAA派來的技術人員，巧施伎倆為我們取出車內鑰匙，好不幸運！

　　又有一年，密西根冬晨大風雪，當時，才畢業剛買車的兒子，上班途中，打來電話告知車子滑進路邊淺溝，無法開出來，住不同城的我們，路遠無法馳援，最後還是告訴他，既然買有AAA保險，可以打專屬號碼，請來拖車把車拖出雪溝。

最是記得兩年前的十二月初，租車造訪聖荷西，碰上鬧乾旱的北加州，多年來首次暴風雨，我們開在黑夜多處漲水的路面，忽然車子不知輾過什麼突物，砰然一聲，感覺車座似有小幅度被彈起，掌盤的外子，只當沒事般，繼續謹慎開回旅館，把車安頓在室內停車場。

　　翌日，兩人談話中，走向租來的車子，「啊，車子爆胎了！」他的語氣平穩，我還以為指的是剛路過的哪部停車，只沒想到，說的可是我們昨日才租的車！

　　接下來，打電話給租車公司總部，對方要我們在後車廂找備胎換上，若派員馳救，要額外付費。誰知打開後車廂，看不到備胎，更沒工具，再打電話，也沒能告知可以派出員工的確定時間。

　　忽然，想起可以試試AAA，果不其然，十分鐘不到，前來援助的機師，熟練的檢測後，告知輪胎即便打氣，也無法再開遠，建議把車拖回租車公司，換租另一部車，拖車費全免，因為是會員。

　　事情有了眉目，再通知租車公司總部，取銷先前的「求援」案件，方知他們仍未安排有任何「馳援」的動作！

　　自此，充分明白了出外開車旅行，這帖AAA會員，對我而言，真是一道自駕車的護身符。

（世界日報2017年5月9日）

車停哪兒去了？

　　曾經有太多次沒能記準戶外停車的位置，導致走繞北美寬廣的停車場，在成排成行的車陣空間，東張西望，不時還需留意周遭進出的車輛，感覺十分的灰頭土臉。

　　難堪的，還在從超市採買完，外頭居然下起雨來，雙手推著滿載的購物車，淋雨心急地找車，卻又尋錯行的狼狽可惱；有幾回，卻是手推購物車，頂著盛暑白花花大太陽，又走錯行、找錯車，額頭、背部，汗水直滴淌，委實噴熱難耐，若要追究，無非出於停好車時，只瞄個大概，屬於掉以輕心或分心的大意，不曾刻意去記存停車位的印象。

　　難忘多年前，往遊佛州狄斯耐樂園夜市（night market），曾上演了一齣「惶然尋車記」。

　　那是一部從機場租來的日產車，我和白日開完會的外子，近傍晚時，開車往遊狄斯耐夜市，把車停在一處有矮樹籬和花樹當屏障的戶外停車場。

　　兩人閒適走逛櫥窗展示、商品販賣屋和創意塑像，看完演唱會，本想趁散場前，早點回旅館休息，黑暗中，卻發現鄰近幾個竟然全是相類的矮樹籬和花樹圍繞著的停車場，心頭乍緊，暗呼不妙，偏巧兒子打來電話聊交友意見，兩人還輪流邊回答邊找車，眼看一波波散場的人潮，一部部把車開走，樹影斑駁，燈光晃搖的暗夜，我們在幾個停車場間兜繞，就是無法確認租車的蹤影。

　　也許兒子體察出我們的語氣不似平常，得知實況，建議找

巡邏車幫忙，我們匆匆按掉手機，專心回想開進來時的方向、停車的位置景地，鎖定其中之一的停車場，所幸散場後已開走許多車輛，反覆巡繞多趟，終於識出當時還不太熟稔的「寶車」，焦焚的心，頓時澆熄。

經此驚魂教訓後，凡在大型停車場停車，一定注意所停標號，若沒小記在皮包內的記事本上，也會以手機拍下周圍可供辨認的信幟。白天停車，還容易找尋，晚間只有儘量找光亮處停靠，除了看得見的方便之外，安全也是考量。

話說時下流行白色車款，B友卻不青睞，「停車場到處都是白色車，不好認啊！」再者，逢下雪天，白色車身遭白雪覆蓋，車、雪共一色，容易有「車停哪兒去了」的困惑。

我卻記得有回雪天搭機，把車停在底特律機場的戶外停車場七日，停好車，靜待巡迴的車場小巴載往登機，小巴司機遞給我一張紙片，上寫停車的地區字母編號、行數；返航歸來的黑夜，小巴司機對照紙片尋車，即便停車已被連下數日的厚雪半掩埋，也仍能辨識尋得，足見大型停車場，以紙片記錄的穩當。

那夜，還親見一對先我下小巴的夫婦，男士不太確定鄰近覆雪的車身都一般高，哪一部才是自家車時，他手拿小巧的無鑰匙盒（keyless box），不需眼力，但憑熟識，便按下其上最尾格的紅色緊急鍵，叭！叭！連續數響，他的「寶車」，頭、尾閃著紅燈，登時現了形，怎不是黑夜裡，杵在舉目白雪茫茫、車身難辨的緊急中，一個最受用、又最受惠於高科技的神速找車法？

（中華副刊2018年5月3日）

遊輪年會，餘波盪漾

　　2016年秋，「海外華文女作家協會」第十四屆年會，以遊輪方式召開，堪稱創新的獨到。

　　與會的會員們，在年會團隊襄助和聯繫下，個人尚需和遊輪代理的旅行社職員，完成個別註冊、繳交總費用、上網填寫個人資料、印出登碼頭託運行李單，而上船後的一連串海關和報到作業，乃至二十層遊輪肚腹內，寬敞又迷宮似的迂迴，找開會廳堂、餐廳、尋捷徑回艙房，對一個素以凌霄或著地方式旅遊的我，全屬新鮮體驗，這也包括了第二晚，太平洋上突起海浪滔滔，我胃裡精緻的鮭魚晚餐，跟隨起伏，快得連暈船藥一時都難能救急！

　　九月下旬的周一下午由溫哥華上船，周五早上從聖地牙哥下船，乘巨輪邀遊於海、天開闊的寰宇空間，聆聽多位學者多元化精闢演講，伴同預製的字幕投影秀，條理清晰，會員聽、看都容易跟進，而分門別類的不同講題，涵括中國遠古至今的史實演變、莎士比亞的商籟英詩、兒童文學、當代大陸文壇、現代戲劇、歐洲難民問題、現代小說的史詩基因，乃至定居異國，從鄉愁到越界……林林總總的諸多文學論談，經過用心聽、寫筆記、再反芻思考，配合手機選擇性拍下投影秀，有如「腦力激盪」般，開廣了個人文學視窗，彷彿探囊於知識領域，汲取不少文學營養素的獲益良多，有些觀點，甚且深刻入了心，謹將心得，銘記一二。

海外文學，自有別於傳統本土或中原文學的特色。

欲行萬里路，在資訊發達、交通便捷的今日，並不難完成，而整個世界，早已如地球村的無遠弗屆，海外的旅遊見聞、地理風光，只要參加旅行團或自資自由行，都能眼見、走過，也或者敘述下來，但，旅遊文學，並不需要住在海外，才能撰寫成文，那麼，海外文學，到底有何特色？

移民海外，不論當初是以何種方式抵達，為了生存，無不歷經種種悲歡掙扎、磨合適應，而後落地生根，這期間，確如哈金著作「A Free Life」提及，從語言、工作、購屋、事業、到家園的建立，大概需十年光景，也或者更長，時日既久，「異鄉」住成第二故鄉，所居地的生活環境、文化差異、異族習俗，和國內大不相同，思想多少受同化，這在養育的下一代身上，尤其明顯。

身為第一代移民，處低谷時，難免產生悵然的鄉愁與漂流感；然而，也不能忘記「感謝」，畢竟在這塊開明先進的土地上，人人機會平等，肯吃苦、肯努力、爭取並學得謀生本事，憧憬的美夢，並不難實現。

這些第一手的異國當地生活體驗和融入的實際見聞，發而為文，自是迥異於傳統的本土或中原文學，何況海外受過高等教育的華人移民何其多，定居越久，雜沓感受，有心分類寫來，沛然成章，加上東南亞、歐、美加各區域，多組織有文友會，並舉辦藝文活動，眾多華人聚居地，還出版華文報紙、雜誌，海外文學蔚然而獨樹一幟，雖被歸為「邊緣文學」，其實具有難以漠視的異國人文色彩與景觀。

學，然後知不足；即使有心寫作，也會有「寫」，然後知

不足的時候。

　　不論是資料不足，或是久未以母語下筆的語彙貧乏，也或者思考片面、筆調生硬，甚且寫得散漫、乏張力、欠深度的不足，有經驗的文字工作者，無不推介多讀書、多看報或可解困。

　　讀好書，就像端一面鏡子，照見了自身的不足，多讀、多照，見賢思齊下，腹笥漸豐、文筆提升；若再喜歡看中外報章雜誌，活化腦力也增添談話和寫作材料，尤其是當地英文報紙或電子報，報載的各項新聞動態，關係切身又實惠，逢周末，還特別提供版面不小的義工機會，鼓勵居民貢獻、回饋社區，使社區的明日更好，自身也能受益。

　　如此的社區服務宗旨，十分陽光，讓我想起遊輪年會的次日，下船到奧勒岡州的愛斯脫麗亞（Astoria）城市遊覽，一位當地老者義工，上前對正等待上巴士的會友們，特別推介愛市的 The garden of surging waves.（滄浪園）。

　　大夥兒依址尋去，原來是一座緬懷早期中國移民的艱辛奮鬥，尊崇他們對當地的貢獻，包括出力於運河、城市下水道系統、築鐵路、建水閘，這座由公眾捐、募款而建成的中國庭園，於2014年5月17日、慶祝愛斯脫麗亞城市成立200周年時正式開啟。

　　秀美的「滄浪園」，隔條街，和愛市的市政廳相鄰，設計雋永而安靜，緩步細讀正門兩邊特殊的鏤空牆，係以英文鋼鐵字母，橫行鑄寫一位早期中國移民的辛苦故事，當年眾多的中國移民，為西北太平洋地區貢獻的勞力，終被認同、讚許、並建園紀念，其來不易且意義深長，似乎，也為一群多把「異鄉」住成第

二「故鄉」的遊子們，提供了正向思考的啟示與回饋的註腳，而參加太平洋海上的遊輪年會，雖下船月餘，心得縈繞腦海，猶餘波盪漾難息呢。

（中華副刊2016年12月20日）

滄浪園內，雕有巨龍盤桓每根圓柱的白色涼亭

滄浪園正門兩邊的鏤空牆，以英文鑄寫一位中國移民的故事

不完美的美好

遊雲貴邊陲見識多

出發遠遊中國西南邊陲前，所將搭乘的聯航，出了暴力對待乘客事件，經媒體炒得沸揚，外子與我，在撻伐餘波中，仍依行程出發，十多個小時的航程，飛機上的男、女空服員，態度友善而禮貌，下機後次日，便接到聯航電郵，邀請搭完班機後的問卷回應，似乎力行改進形象呢。

由上海搭「中國南方航空」飛貴陽，打開點選的飛機餐盤，有麵筋包裹五花肉、胡蘿蔔片、小碟筍干加薄肉片、配白飯，洋餐不再，我的中國胃開始冒出頭了。

耳目一新的貴陽

代表貴陽財經大學的小瑾，接待我們參觀花溪新校區。

傍山建築的校區，景致優美，湖橋蜿蜒又鳥啼蝶舞，小瑾為我們接洽導遊校園內，夜郎谷旁、斗蓬山下的中國國內首家高校票據博物館。

館藏的各類票據約百餘種、萬餘件，對各式貨幣、票據的演進，蒐集極力，比如關金券、金圓券、契約（土地、房舍、賣身）、清朝對內、外發行的國債券、公債券、股票等等，作成系列展陳，自是對金融演化，增長不少知識。

走過楊柳畔、長橋道，進入圖書館大樓，圖書由多面書牆的牆底向上延伸至牆頂，採開架式的井然有序，自動機器代替了圖書館員辦理借書手續，加上館內有規劃的分區供學子讀書、養

目、討論…，設備先進得讓我意外！

　　所住旅館就在貴陽市區，高樓窗外的市容，嶄新而摩登，並且還在建造中，沃爾瑪（Walmart）貨滿人眾，入夜，市區逛街的人潮不斷，怎麼也無法和「天無三日晴，地無三里平，人無三兩銀」的認知相連結，時代推進，物換星移下，地理、人文景觀也跟著改寫了。

氣候涼爽的昆明

　　離貴陽往昆明，我們搭乘二零一六年十二月才開駛的高鐵，僅兩個半小時便抵達終站，沿途穿越不少山洞，多見施工中的高架公路、水漠梯田、和陡削的兩岸山坡，坡上，鋪蓋以疏水固土、規劃工整的水泥邊框，框內或栽花草、或填滿石碟袋，料想可將土石流的坍方，減至最低度，穿山的高鐵，也就不會因天候而中斷。

　　從高鐵終站搭計程車去市中心，遇上多處建築翻修或鐵路新建的施工，行駛公路的車輛，必需改道慢行，健談的本地司機則說「別省鋪鐵路，都是一條條的完成，昆明卻是十萬火急、一口氣十一條同時動工」，果真如此，就我一路所見，昆明勢將急起直追那約莫超前五年的貴陽了。

　　涼爽的昆明四月天，繁花耀眼，春天的腳步，走得嫣然而緩慢。從市區旅館往遊不遠的「翠湖」，龐大的公園裡，不少三五結群、上了年紀的民眾，他們個子多半不高、膚色較深、臉上多些風霜紋路，夥同聚集吹簫、吹笙、拉二胡、或拿麥克風唱歌，不時歡聲雷動，老一輩當地人，似乎很容易快樂呢。

昆明次日，去了「雲南陸軍講武學堂」和「雲南民族村」。

　　正巧逢上講武學堂的主題展覽「百年軍校，將帥搖籃」，標舉朱德、葉劍英都是講武學堂畢業生，當年唐繼堯、蔡鍔以講武學堂為本，發起「護國軍」，阻止袁世凱當皇帝的「復辟事件」，在中國近代史上，寫下不可磨滅的一筆，蔡鍔（松坡）出入北京時，曾與小鳳仙來往以掩護自己活動，牆上一幅黑白放大的版鑄照片裡，獨照的小鳳仙，顯得淡定而雅靜，蔡後來因喉疾開刀，死於日本，年僅三十四歲，隔著玻璃，觀看蔡鍔將軍穿過的戎裝、羽帽、佩刀和戎馬圖片，不禁嗟嘆英年早逝！

　　這所百多年前的軍事學校，創辦者和專職教官，都畢業於日本士官學校，除了發動雲南辛亥起義、護國之戰以外，還影響了後來黃埔軍校的創建與發展。當我參觀學生簡樸方整的寢室、餐廳、課堂、圖書室，再細看標文所述的學生清晨五點起床，進行長跑；上午兩節術科課，兩節戰術課；下午是集體操練；夜間常有緊急集合演習…，如此嚴格又緊張的訓練，與「堅忍刻苦」的校訓，足以見證那個大時代，打仗的艱苦。

　　展覽館內，文物展列有序，聲影演示有方，彷彿走入歷史，頻頻感受軍人綱紀的嚴律、情操的卓絕，憶起歷經八年抗戰的顛沛流離、住過貴陽的父親，在世時，曾提過鄰省的「蔡松坡」「唐繼堯」事蹟，懷著這份親切參觀，想像八年前高齡過世的父親，身體尚健時，若能造訪此學堂舊址，定有比我更深一層的感受。

　　雲南位居中國西南邊陲，散居不少的「少數民族」，昆明

的「雲南民族村」，聚集了各族代表團隊，建造寨營，形成民族村，由於每族各占地數十畝，遊人真需要一雙舒適好鞋，才有可能且走且停、且聽且賞各族文化表演和展示，我們早上參觀完講武堂，下午繼續民族村的「遠足」，興致不減的印象中，有傣族男子舞牛、女子曼妙歌舞；苗族敬拜蚩尤；拉祜族以葫蘆、生殖形象為圖騰；蒙古族的巨圓蒙古包內販賣奶茶；彝族的虎鷹文化和太陽廣場上的太陽、虎、火、和八卦圖像…，傣族、彝族和苗族，乃少數民族中的大族，文化比較丰采，理所當然吧。

邊陲色彩的西雙版納

搭「中國東方航空」飛西雙版納，驚奇的發現，不論東方或南方航空，空姐都會幫乘客，抬舉隨身攜帶行李，放進頂頭艙櫃，習慣了北美「自己來」的我們，感覺意外的受寵，看她們個個身型窈窕，氣力卻不可小覷！

景洪市是西雙版納自治區的首府，深具擺夷（緬甸）色彩，許多招牌、告示都以緬文和中文並立，而不論市、郊區，多見巨象雕塑；新建成的萬達廣場，和鄰近幾處落成不久的觀光度假區，如希爾頓逸林度假酒店，新穎了市容，酒店的接待員，服飾近於泰國的姿彩婀娜，這與境內的瀾滄江，流經相鄰的緬甸、泰國，使得三國文化多交流於邊陲，或不無關聯；此外，沿江鋪建的新棧道，傍著古色鏤空水泥牆、孔雀吊燈和花樹，與江上的西雙版納大橋，顯現邊陲已現代化。

有中國普洱茶第一縣之稱的勐海，以鮮明的「勐海茶城」牌舫巍立市區，所雇請的計程司機，載我們參觀傣族姑娘，小

玉，擁有的家傳三百年茶園，由她領路繞茶園，親手教採茶葉，又示範茶道、品嘗生茶、熟茶、紅茶的不同，能到茶園摘採又品受第一手的茶道知識，經驗不殊，我們買了兩餅百年普洱，也算回饋小玉的主人盛情，雖然平常怕影響睡眠而不太喝茶。

次日，遊賞中科熱帶植物園，以及西雙版納熱帶雨林國家公園。前者占地九百公頃，引進一萬多種世界各地的熱帶植物，又拓展出藥草園，保存西南省區藥用的奇花異木；後者則屬快絕跡、受保護的極少數民族的寄居實境，應是另種落實的「民族」維護吧。

十二年前，我們曾跟團旅遊昆明、大理、麗江，這回兩人的文化之旅，堪稱外子在北美大學教書四十三年、將於六月退休，從此不再有教學、行政、研究囿限的畢業旅行，走出網路，超越雲端外的眼界，無異於攤摺萬卷書，飛行萬里路，所增長的見識，確實百聞不如一見！

（北美華文作協網站文學期刊2017年11月）

貴陽財經大學圖書館的書牆

沿瀾滄江鋪建的新棧道和江上的西雙版納大橋

不完美的美好

邂逅彝族司機

　　旅遊雲南的西雙版納時，外子與我，雇請了當地的計程車司機，載往幾個景點攬勝。

　　掌盤的司機，我們稱他徐師傅，47歲，彝族，稍黑，閒聊得知他曾義務當兵四年，退役後在滇緬公路上，專開貨車二十多年，而後，年紀大了，反應沒年輕時快，而且辛苦，尤其載重貨開往緬甸的山路，夜晚沒路燈，下雨開在迴旋窄道上，實在危險，那時沒手機，若發生事情，也沒人轉告，退下來，便以開計程車謀生。

　　與緬甸交界的雲南，位居中國西南邊陲，漢族以外，散居了不少的「少數民族」，其中，傣族、彝族和苗族，乃少數民族中的大族。

　　據徐師傅說，彝族和漢族男性一樣，大致都比較勤快，而傣族屬母系社會，女性能幹、勤勞，外出插秧、種菜、賣手工藝、開車做生意，即使有七、八個月身孕，照樣下田，生完三天就下床做活；男性則在家帶孩子、鬥雞、逗蟋蟀，也會互相聚在一起喝茶、飲酒、聊天…。我忽地聯想起先前參觀擁有家傳三百年茶園的傣族小玉，難怪她會挑個彝族丈夫在外打拼做活，她自己才得以居家育子兼做茶道事業。

　　我問徐師傅：誰還肯嫁傣族男人呢？「能待在家，就表示有那個好家境的物資條件，不像打不贏漢、傣族的彝族，只好往上聚居在沒太多資源、不易耕種的山上，靠種橡膠、香蕉營

生。」語意不乏接受了的認命，又活在當下的努力營生樸質。

　　我又再問：那麼，接受高教育，應該可以改變現況吧？「很難啊，版納本地缺少高等教育學校，居民很少有財力，能夠到外地求學，男女都很早結婚，有的三十多歲就當了外婆。」心想，如此的環境條件，此行曾見過不少年輕少數民族，選擇做旅遊業的宣傳導遊，並不是沒有原因的，若有幸擁有歌舞或射獵天賦，便投入傳統文化表演，也是出路的輕鬆選項。

　　在山下謀生的他，每個月會抽空回山上家族，探視老父親，並且為放牧的畜牲，添餵加了碘的糧草，否則牲畜腿力疲軟會無法站立，這則屬於邊陲山上的聽聞，於我，生鮮有如天方夜譚。

　　往遊景點的山路迂迴，徐師傅車開得穩練，人也持成，我們另給他午餐錢，他推卻不果，還特地去園景外買個切片鳳梨回請我們，旅遊結束再多給他小費，他又推卻，我們堅持，這才收下，很誠懇的道謝、希望我們還會再回版納訪遊。

　　五湖四海，人與人間，一個「緣」字而已，誠懇尤其加分，旅遊西雙版納，邂逅了這麼一位篤實的彝族司機，也是飛行萬里路的另種機遇。

（中華副刊2017年7月3日）

今日，我們歡聚

世事短如春夢，人情薄似秋雲，不需計較苦勞心，萬事原來有命；幸喜三杯酒好，況逢一朵花新，片刻歡愉且相親，明日陰晴未定。

——宋‧朱敦儒（西江月）

藉著參加侄兒婚禮大喜事，除了月前才剛離台返美的大哥，因路遠勞累，不克再飛前來，其餘原生家庭的五位，約好不攜伴侶，但分別從國內、外趕回老家祖屋，和長住同城的晟弟相會。

大家都有點年紀，不同於年輕氣盛時，與父母團聚，歡笑滾滾的熱鬧，而今的局面，呈現另類安適的舒和與平緩，言談友愛，相互提供養生訊息，也關懷彼此的健康，望望客廳牆上，父母親慈藹遺照，逢此喜慶，多麼想望他們還能健在同歡！

歲月的凌厲，由體型髮膚齒牙、由言談舉止思慮，無不予以增減改造，而到了某個年紀，這道生命旅程的列車，忽忽然，父母相繼到站離去，相識的親友，間或傳來病重或凋零下站的訊息，終也確切明白並體會了所謂的「珍重再見」——彼此多多珍重，才好、也才能再相見。

雖然同輩們的子孫，也生生不息的繁衍著，新生永遠接替殘生，我們卻身不由己的晉升成上一代，猛然想起，還會悚然心驚，「長者風範」居然閃向眼前，慚愧自己的不拘、不察啊！

漸老的意識，使得不論是坐六望七，或坐七望八的兄姐弟妹們，格外看重難得的「重相聚」，我個人返台的班機，更因暴風雪而一再延誤、換班，最後改搭慢一天、同班次飛機，如期赴約，機會可失、不可再啊！先把握這回機會，哪管下次再聚又將是何年、何日？多聚一回，就確是一回可貴的記憶。

　　聊憶大夥兒住同一屋簷下的幼少時，正逢台灣光復後，當時克勤克儉的民風純樸，我們住南投糖廠宿舍第一區，家裡除了原有的釋迦、香蕉、龍眼樹，父親和大哥、二哥，還努力在前後院闢菜園、築雞舍，並搭用空間種草菇、養木耳，全盛時，喜歡動物的大哥，養過一籠兔子、幾隻火雞，後院一方小池塘的布袋蓮下，優游繁殖著假日兄長從糖廠發電池釣回的鯽魚、吳郭魚…。

　　倒流的時光，晃回了全家大小七位手足，在父母親分配和指導下，分工做家事，勤勉讀書，以爭取獎學金，為家庭減輕經濟負擔的興盛氣氛：上學日，三位兄姐起早溫書，輪值的家事，有起灶火炊煮早飯的、有切剁雞菜餵食雞舍並給雞缽換清水的、有為菜園澆水的，底下幼小的弟妹，母親輔助各自整理被褥、梳洗、溫書，大夥吃完早餐，或騎腳踏車、或走路上學。

　　逢周末假日，可熱鬧了，協助父親，接力鏟出兩間雞舍的雞糞，堆成有機肥，出售給預定的客戶，再為兩雞舍的母雞，互換公雞交配，賣出的種蛋孵出率才有把握；菜園裡幫忙施肥，採四季豆、割取絲瓜、摘存莧菜、小白菜、空心菜、青江菜、油菜、A菜、韭菜、香菜、青蔥…，最樂的，莫過於忙完後，捏扁長長的橡皮水管，噴灑菜園，水霧又涼又恣肆，乾淨的樂活差

事，誰都想搶著玩！

最是記得有一回夏日傍晚，一條大蛇從廚房外的廚台窗口，爬進靠窗的水龍頭邊盤停，如果不是上幼稚園的宛妹，喊了聲「有蛇」，正想伸手近水龍頭淘米、為次晨輪值早餐預做準備的二哥，恐怕就出麻煩了，這條蛇吃不到窗外廚台上，那裝在鐵紗櫥裡的一大箱雞蛋，順著半開的窗口爬進了窗內，大蛇最後被請來捕蛇的專人抓除，二哥凡事有計畫的預先準備，當年雖就讀升學率偏低的鎮上高中，卻能考上台大，與他「趁早做準備」的穩當，不無關聯。

公務員的父親，一份薪水，養九口之家且能正常運作，內中確有篇章。

母親精於女紅，一部腳踩縫紉機、幾支長短勾針、打毛線針，就全包辦了我們成長所需的衣裝；伙食多添買些魚、肉、豆腐，搭配自家的蔬菜、雞蛋；公家配買的麵粉，周末在父母帶動下，大家動手學做各人吃多少、自做多少的烙餅、水餃、鍋貼、韭菜盒子、包子、饅頭等各類麵食；逢節氣，父親購買成捆的黑皮甘蔗、成擔的柑橘、蘿蔔、包心菜、番薯…，基本上，生活所需，儘量自給自足，家事、功課幸都能優秀兼顧，手、腦並用的訓練效果，最實際的，又莫過於知曉善用時間，當然，也鬧出為了爭取時間溫書的逸事：大姊由家返回護校，宿舍熄燈後，在走廊燈下長讀，被愛心舍監趕去睡覺；大哥做完分內家事，早睡早起，圖清晨和夜晚的安靜，牽一盞電燈到柴房苦讀──簡陋環境裡的專心，誓取大專聯考；我的生物課本在期末考如廁溫習時，不慎跌落汙損…。

往事歷歷，不細數，自難忘，雖成長於拮据年代，也都能走了過來，如同豆莢裡的七顆豆仁，隨成熟而蹦落各地生根，不同的個人際遇，成就不同的人生風景，即使原都來自同一血緣的父母，而今天各一方，絕不是當年幼小時所能想像，幸喜各自有成，不枉費父母當年的辛苦，母親曾以九十高齡，獲選模範母親，為她的養育子女、持家有方，寫下最佳註腳。

　　這回重聚，我因時差睡不著，才清晨兩點多，樓下已亮著燈光，聖荷西回來的二哥，竟然也因時差而早起做早餐、順手切妥午餐配備，而且還看食譜做菜，邊聊邊看他耐心切洗，我想起了當年在家時，那個善用時間、凡事及早做準備的二哥，而動作快捷的宏妹，卻背後打趣：餐前一小時動手就夠啦。

　　歲末祭祖的十大道菜，需有全魚、全肉、全雞，外加蔬果，大家各製備一味，聊表心意，再長幼有序地按排行依次上香，聯手焚燒冥錢時，大哥新出的兩本聽覺教科書和我的三篇遙念父母近作，也一起焚化告慰雙親，當輕煙裊裊逸入了天廳，我多麼想再擁抱父母、無拘地聊聊，怎堪如今只能在先祖牌位前，捻香祭拜他們而已。

　　侄兒上鳴的婚禮，張羅齊全且華麗圓滿，遠道回來參宴的我們，扮演幫忙迎親、攙新娘入屋、請新人上香合拜祖先的角色，喜氣滿溢，沐受著和樂的手足情，此時，直比朱敦儒「西江月」裡「片刻歡愉且相親」的感受，歡聚中，笑納當下的愉悅，又何須顧及明日天涯，將各自去度陰晴未定的未來？

　　喜宴翌日，陸陸續續先後拖著行李，或乘鐵路、或搭飛機，分往台中、台北、香港、美國歸去，即便依依，也仍得各奔

返所來處呀，我們相互擁抱道別，但祝健康、多多保重，好待來日重歡聚。

（中華副刊2017年2月21日）

晚晴手足遊輪會

　　日前，整理書桌，將堆放成棧的各類文件、書本、剪報、圖片、筆記，分別歸檔存架，瞥見一張訪遊阿拉斯加首府，朱諾（Juneau），的冰川花園（Glacier Gardens）照片，迅速喚回我乍見倒立「花樹塔」時，對獨特景致的驚艷！

　　什麼樣的巧思創作呀，會把連根翻倒的大樹，鋸除多餘枝葉，頂下根上，再在盤開的根頂上，栽植各色花草，遠觀近賞，「花樹塔」顏色多彩妍麗又有藤蔓垂下樹身，隨風款擺，形成別具風光的獨「樹」一景，這是經過巨大的山崩土坍後，滿地大樹欹斜橫躺，但以靈感智慧，化殘局為神奇，呈現人類與自然界，和平妥協後的美麗。

　　想起坐「冰川植物園」的敞頂小車，沿蜿蜒雨林小路，開上緯度高拔的山頂，俯瞰山底雲烟繚繞、沁美凜涼的景致…，那是一趟極富意義的手足團聚旅行，年過不逾矩的兩家兄嫂、甫退休的外子，加上我，六人成行，共赴阿拉斯加遊輪之旅。

　　也仍記得首次共進遊輪晚餐的醒悟。

　　我們被安排在預定的達芬奇餐廳，那張眺海觀浪的靠窗餐桌，紗簾才拉開，海天相接便迎面而來，偶有船影掠過，增添舒暢愉快的氛圍；又因採光充足，近觀手足和伴侶們，竟然有了鬆弛的頸脖、斑點、灰白髮，都已不再是過往的印象了，驀然驚覺，自己不也就在這列車中，正逐漸邁向老年？晏晏談笑間，感

不完美的美好

受他們對人情的圓熟、世故的洞悉，早已臻進長者豁達的境界，排行在眾兄嫂之下的我，由不得心虛，還有做不完的學習功課待做呢。

冰川花園的「花樹塔」

從冰川植物園高拔山頂，俯瞰山底景致

席間，大哥提起來美後，有一回過節，獨享一隻烤雞，想起小時一隻雞，需分成九份全家共吃，忽然難過得食不知味；我卻記得親友曾送來一小盒稀貴日本蘋果，經過數日用眼觀賞、以鼻聞香後，才取出一個蘋果切小片大家分享，吃到嘴裡，粉粉的、乾乾的，七零年代，來到美國，才知原來鮮香而帶點水分的清甜，才是蘋果的真正味道。

　　幼年期的家境窘迫，說來聽來，也只有在同一屋簷下長大的手足，最能會心，而手足的情誼，又會記得彼此年幼模樣、闖過的禍、特別的癖好…加上年少輕狂、離家求學前，居家互動的諸多回憶，能共擁同根生的緣，共享熙攘中，各自汲取養分長成的過程，除了手足，還能有誰？

　　晚餐過後，二哥拉開往甲板的玻璃門，去拍夕陽西下的特寫。不料，海上將歸隱的日頭，仍燦亮刺眼，散發相當熱度的餘威，想拍彩霞滿天，還會有一陣子等待，這不就是我們六、七十歲人的寫照？幸無大病痛下，在全然歸隱前，大可將斜陽餘威般的餘力，用為想做而未竟的心願，雖然落日已映桑榆樹梢，仍然可以有所作為的畫寫晚晴的瑰麗。

　　嬰兒潮輩，多習慣現代文明的手機，但船上無免費WiFi，每次下碼頭，就和其他旅客一樣，快快找 WiFi 鄰近，查、回電郵、微信、傳照片，回船前，那頭已有回音，親情、友情的電流一接通，心情溫暖愉快。自覺能夠不斷去旅行，知道回去後，有親友在、有家可回，羈野的旅人心，得以安頓，生活也會回復常軌，很是寬心的放心，旅遊和家常，形成良性循環，又獲益於旅途的見識和悟察，偶而旅行，實有難擋的誘惑。

比如，在卡其肯（Ketchikan）港下船，買票觀賞「樵夫秀」，一位不知是先天或後天失聰，裝置內腦耳渦助聽器的年輕樵夫，他熟練操作斧頭、電鋸、吊纜繩攀爬木樁、踩水上長木過水塘…，和同伴做同樣的「樵藝」表演，不因缺陷而畏縮或姑息自己，勇往迎向各項挑戰，還頻頻締造佳績，歡暢又陽光得讓人佩服！

　　遊輪，基本上，就是吃喝玩樂，直爽的大哥，這麼說。

　　我原則同意，但也有不少節目都滿有意義的助益身心。印象較深的有幾樁：

　　大嫂的引薦，外子和我見識了遊輪上，全身活動量足夠的尊巴（Zumba）時間，從律動中有興味的健身，兩人喜孜孜下場加入，運動得汗水盡出！知性的 iPhone 和 iPad 講習，我們得知許多使用的捷徑和技巧，心喜得趕快實習上手，方便日後施展所學；又在排毒保健的講堂，知曉維持鹼性體質的要訣、多喝水、多運動、多吃天然食物…，沒想到，吃喝玩樂以外，遊輪還提供學習新知的快樂。

　　有一齣經二嫂提醒，大夥兒同去觀賞的舞台劇，星塵（Stardust），串起多位影藝老明星閃耀的餘暉，舞台上載歌載舞的優美典雅，陶醉了滿場觀眾。一曲「投入噴泉的三個硬幣」，引出多少年輕歲月的嬌俏回憶，只要看過「羅馬假期」，哪個女孩會忘記奧黛莉赫本的奇遇羅曼史？深具慈善愛心的奧，她的高雅氣質，直至老凋，也不失其魅力，確屬不凡的星辰造化。

　　晚晴歲月，三家同住北美、不同州的手足，能共聚同遊，

緣會不易，遊輪相處十天，盡現姿彩，平添許多來日再相見前的珍貴回憶。

（中華副刊2018年1月31日）

三家手足成對合照

緣會

因書寫，而留下過往足跡，鴻爪也罷，雀足也好，都是循序而來，又與時俱進的寫實花絮。

緣於「寫日記」

　　「鼓勵」可以是個人寫作的原動力，「獲獎」、「登用」則是使寫作持續的實際馬力！

　　小學五年級，「寫日記」是曾由美老師鼓勵、並不硬性規定、但批閱的功課之一，自認對學習一向循規蹈矩，每晚寫一頁日記並不困難，日積月累，幾近寫完一冊，意外竟獲曾老師頒贈一本當時十分高檔又精緻的藍絨有鎖日記當獎勵，於是，再接再厲，由寫日記熱情，延伸為喜歡作文課、作文比賽，而後，轉愛校刊、社刊、報刊的文藝創作，加上四年中文系教育，由是奠基了個人長遠的「寫作夢」。

　　三十多年的異國北美生活，剛開始，在進修、工作、持家之餘，時間、體力所剩有限，寫作於我，只能是吉光片羽的淺筆，也因年輕，來不及深入感受，日子便在忙轉中溜逝。真正靜心並專心為文，應是子女長成、女兒離了巢，忽焉對職場形色百態萌生倦怠感，感悟於一直忙著成就他人，自己卻一無所成的空洞，深幸也感謝外子能獨撐家計，遂辭職逐夢也築夢去也！

　　喜讀古典詩詞散文也愛讀當代散文，以散文書寫，自然成為理所當然事。然而，身住美中西部小城，加上寫作並不比職場的人來人往可以即時交流，長時間的伏案或靜坐電腦前，難免單獨寂寞，要能耐得住寂寞的不輟筆、不轉換跑道，「喜愛」，並且是地老天荒永不變節的那種「喜愛」，才是長年挺得住寂寞、也仍不肯停筆的砥柱。幸喜近年來，數位相機的使用簡易，下載

快捷，居家或旅行時，巧逢有所啟示的景象，即時把握拍攝得瞬間景致，回頭再發抒成文，藉此走進了人群又悠遊藝文、山水的生動，堪稱開啟了另一扇住小城不寂寞的寫作門徑。

寫作，無異是另種無言的「訴」，是個人生活聞、見、思的分享，也是實在的自我剖析兼情緒的紓解，寫得興起，好樂！蒙獲刊用，更樂！偶有共鳴，一樂！交得文友，真樂！這一路行來的作品，適足以為過往歲月記載著絲縷足跡，而能將浮雲人間事，寫成感情文章，以自娛也娛人，自有金錢難以衡量的高度滿足。

巢空十年，著作兩本，少產，但，至少心底是踏實的。

（收錄於「全球華文女作家散文選」
九歌出版社2010年10月）

卡城變遷二三事

　　剛搬來密西根卡城時，普強藥廠和西密大是大多數百來戶華人的安身立命所在。

　　城小，相互宴請的往來頻仍，又由於多數都在學術界和藥廠的R&D部門服務，每回聚敘，不乏專業論談，或者所屬機構的新動態，也有高水平的趣味辯論，女士們則分享辦公室的人際花絮、旅遊見聞、子女家事、好菜食譜…，加上周末的太極拳、籃球會、聊天會、中文班、跳舞團之外，還有元老級的每月「午餐會」，確是很親切、很有情味的小城。

　　有來有往，挑個大家都方便的周末假日，輪流在家請客，似乎成了當時俗成的約定，想不出理由又自覺太久沒回請的失禮時，「迎接春天」也可以很冠冕堂皇地成為宴客的主題。

　　有回聚餐在郭家，貌美比翠俐的趙，正巧座桌右邊有大盆複瓣茉莉花，左邊有盛開的蝴蝶蘭盆栽，我坐在她對面，鼻子猛嗅，嘴裡直嘆：「好香呢，只不知是茉莉花香？還是蘭花香？」趙半開玩笑的指著自己：「咦，豈有此理，妳怎麼不說是我香呢？」我趕緊順勢補話：「是～，是小姐的國色天香！」歡笑猶在，隨著另一半，趙已搬到灣區，郭也遷居印州多年。

　　在歡送某位榮退老友的餐會上，談到退休金領取方式的利弊，其中某種方式甚麼都好，但若一個先走，另一個就不划算，林當時滿腦只顧盤算統計數字，想也不想便說：「那你就叫他不要死嘛！」話語才出，同桌人笑得噴飯。

九零年代末期，「榮退」與「送別」派對，成為當時大家最常見面的場合，因為普強藥廠先後經歷幾次合併和換東家，分批的大裁預算、減部門、廢場地、遷新址、鼓勵員工優退…，老朋友們只有另找工作、或優退後另謀出路、或隨新部門調往別地，一波波的衝擊，有說不盡的突然，也有送不完的離情，前後幾年的光景，便由普強（Upjohn）併成發蒙西亞（Pharmacia）再被輝瑞（Pfizer）購買，因應一連串的變故，幾乎掏空了卡城這批高學位、原先屬普強藥廠的智識菁英。

　　然而，地球不因各人困頓際遇而停止運轉，十多年後的今日，小城陸續吸引來不少年輕的中國留學生，華人家庭新遷入就職的也不少；而搬走後，多數定居加州的老朋友們，成立「Kalamazoo West」，他們在西岸定期聯誼聚會，也曾組團重回卡城探舊；至於留在卡城述職以及退休後不曾搬離的朋友，仍然有情有義地聚會往還。

　　畢竟，所有讓人驚訝得張口結舌的變遷，都會成為過去，而陰霾過後，陽光還是一樣福臨大地，萬事萬物照常生生不息，人總得朝光明面展望並繼續邁步，偶然想起往日聚會趣事，心裡還會不自覺的笑開呢。

（世界日報2011年2月26日）

致 Y.C.

小燕：

叫慣了的名字，自有一份親切，眼前浮出妳穿著鵝黃色旗袍、足蹬白色高跟鞋的東吳畢業身影，真窈窕佳人呢，而後是妳新婚，Farrah式長波浪捲髮，深藍色滾細白邊的短裙套裝，配一對銀色鞋，很時尚的都會女子裝扮，之後，燕子飛走了，從此芳蹤杳然，不過，十多年前，路過北加州時，還見過一次面，還記得嗎？就在妳核桃溪的家中。

六年前，得有機會，曾和部分東吳同班同學，相約赴畢業四十年聚餐，有幾位真的叫不出名字，十分不好意思，對方可是一直笑吟吟等著我能認出她/他，呵，超尷尬的短暫片刻！青春歲月，俱已輪轉成過去，前塵往事，果然恍如逝夢——都發生過，卻已不存在現實中，那是一段值得我們驕傲的日子，因為年輕，因為有夢，更因為我們涉歷未深的可愛。

國畫裡的寫意，簡單幾筆，點到就好，虛虛實實，不需工筆，我的密州小鎮生活，也大約如此，不求多彩，只是恬淡的平實而已，這可會是妳所說、所嚮往的「寫意生活」？小城住久，物件累積漸多，陶潛的歸去來辭裡，那五星級的「簡陋」，我大概只能夠上一星，早該減、丟、送了，卻總是猶豫難捨，妳學佛有慧根，不像我的牽拖難了，等著哪天徹悟，或者搬遷，便是下定決心，具體付諸行動的時候。

我的孫輩，都不在跟前，和妳的情形相類，但曾經斷斷續

續短期地，貼切帶過他們，很有感情，因為我睡眠習慣不好，所以帶他們時，感覺有力不從心的累，女兒之前住芝加哥，開車往探，只需兩個半小時，常有機會見面，兩年前，搬去了南加州，平常視訊聊聊，只有在年節才相聚，不對，也有幾回，趁開會、旅遊之便，順便去探會她們，大小胡亂雀躍一番。

得知妳五點起床做園地農事，成了早起的燕子，有蟲（果實）可吃吧？想起你在東吳住校時，好像很難歸類於「早起的鳥」，只沒想到春天的燕子，飛成了老燕後，返老還童如小燕般、早起吃蟲長身、養身？一笑！說正格的，早睡早起，有鍛鍊，身體好，量力請人，請別過勞便好。

簡答妳的提問：黃永武著的「字句鍛鍊法」我在大學時，買、讀過，不怎記得內容了；已故逝的二嫂，家住永和，東吳讀書時，她不曾住過校；我隨興寫過的一些童趣詩文，多半圖文一起，足見當時的情境，確實牽引出心底潛藏赤子之心的憨情，也為那片刻的童心做個見證。著寫的第二本書「以誠交心」，僥倖得過海外華文著述散文類首獎，2010年由秀威出版，妳別買了，我送妳一本。

四十多年都不曾有過芬菲的訊息，阿菲內斂沉穩，斯人該屬有福之人，想來她會過得安穩才是。

諸多保重

安蓀

（中華副刊2018年8月5日）

到鄰居家晚餐
——不一樣的迎客與做客經驗

"Progressive dinner"？黛比的邀請卡上，的確是這麼寫的。

住了三十幾年北美，雖不致於把異國當成故土般的眷戀，然而，「浮生若夢誰非寄，到處能安即是家」，天涯海角，能寄身、能安身，不也就算是家了？可是即使入鄉隨俗、再融入學習，我還是沒聽過這款名堂的晚餐。

忍不住，以黛比的伊媚兒回應地址，請教究竟。

原來是街坊鄰居間的深秋派對活動。報名以空巢家庭為主，再依照參加的戶名，分別排定各家負責主持全套晚餐裡的一項任務：開胃點心、羹湯、沙拉、主食或甜點，大家依照進餐次序，輪流轉換到參加的每個家庭裡做客，輪到的下一家是自己時，夫婦可提早十五分鐘離開回去做迎客準備。基本上，每家停留以四十五分鐘為限，但不硬性規定，逾時或多備餐點，都各隨主人意願而有伸縮性，主食準備比較費時，由兩家聯手製作，再請到其中一家去宴客，唯一的要求：喜歡以酒佐食的夫婦，必須自備酒杯、自攜好酒，名為「walk the wine」。

有意思，這不就是空巢後的一種自尋也自得其樂？其新奇又隨興，好像也並不亞於成年子女離家後滿眼新鮮、自由自在的美妙。

當初這五、六十戶住宅社區是塊林野地，有五個蓋新房的藍圖，屋成搬入後的二十來年，和我住同一條街且不曾再搬遷的

幾家，或多或少又做了些增建重整，由於北美民情並不輕易請訪客到家裡面坐，今能同時到六位巢已空的老鄰居家做客，怎會不是一椿躍躍引頸的期待？

感恩節前一個週六的下午五點半，各家陸續來到巴達家裡。嬌小可人的黛比，家居布置十分羅曼蒂克，白色為主的廚房，壁燈、鮮花與橘色迷你芯燭，加上流洩的輕柔音樂，暖麗的氣氛，驅除不少戶外的秋寒。我以紙碟挑了幾樣陳列在大理石廚臺上的小點心，端著紙杯，和瑞蕾一起踱到起居室聊天，花朵、暖白的小燈串綴飾著灰褐大石塊壁爐，透光的天窗下，是鋼琴台架上的家庭合照，都屬俊男美女型的巴達夫妻，養育的一對成年子女也都如花似玉，這真是個典型美滿的家庭，提早離去備餐前，我由衷的對黛比讚美。

外子和我回到家，忙不迭地端出預先備好的兩道湯食：以雞肉香菜為餡兒的鍋煎小餛飩一大盤，灑上切碎香菜再淋點香油醬汁，不銹鋼鍋裡的蔬菜雞肉羹湯也在門鈴響起時溫妥，六點二十分，進門的眾客，滿眼新鮮瀏覽牆上中式字畫，好奇探詢新設的甬道紋花玻璃門，又流連觀賞了兩年前才完成的「美夢窩」，一處專為閱讀、談心、賞景而加蓋的陽光房，耳聽「比挖游泳池勝算」的誇獎，又細問起建築商、底價細節，有心效尤的意念，蠢蠢躍動於氛圍。隨後在米白桌巾上擺淡色粉荷盆花的宴客長桌前坐下進餐，蓋瑞和畢爾喝著濃湯，大口吃完一小碟餛飩，馬上不約而同表示：「這小吃味道真好，我可以吃掉一整盤！」旁座的克莉絲，好心提醒他們留點肚子，別忘記這只是第二家而已呢。我見兩人如此欣賞中國食物，但又不便吃多，馬上

慷慨應允把剩餘分裝兩小盒，讓他們帶回家當點心，趁機也做點鄰居外交，順手人情又何樂不為？

七點半，第三家的薇瑪和吉姆，在眾鄰居到齊後，便邀大家依排定的夫婦比鄰而坐入位。乳色桌巾長桌上，點綴有秋成的迷你瓜果、雕塑、紅楓葉，每人面前一盤沙拉：綠葉萵苣、黃瓜片、小番茄、起司粉、蘿蔔片上綴些碎核桃和小紅莓乾，配以藤籃輪傳的全麥餐包、奶油，或酒、或冰水，大夥兒排排坐，邊吃邊聽女主人薇瑪談著裝低卡沙拉醬的骨董銀亮瓶子歷史、獨特的橡木椅來由……，說說笑笑，再往樓下參觀請專人完成的寬敞實用地下室，又是另種愉快。

主食由瑞蕾和克莉絲兩家準備，訂在克莉絲家舉行。客廳裡，輪轉過三家鄰居後的氣氛熱絡，九點過十分，全被克莉絲邀請入坐。這回座次必須夫婦分開、仍是一男一女比肩而坐，桌上放置切好的烤裡脊肉、馬鈴薯泥、甜肉桂地瓜塊、澆肉汁、以及小綠捲心菜球。酒過三巡，菜餚滿腹，氣氛高昂之際，外子舉杯表示：這麼有興味的聚餐，怎麼等了二十多年才舉行？薇瑪馬上附議：對啊，別再等另一個二十年，我提議明年情人節時，大家再來一次聚會！

餐後所有主婦們自動分工收拾、清洗、擦乾，克莉絲忙得高興，仍不忘秀給大家看她為了宴客所買得的物美價廉整套餐具，幾聲"WOW"之後，她索性連價錢、商家、減價起迄，全都奉告，果然是眾所公認：歲末過佳節、家族大團聚時，最需要也最實惠的器皿。

十點整，五對夫婦三三兩兩伴走來到莎朗和麥克家吃甜點。

打從進門開始，我們都不能相信自己眼睛所見的，竟會是大家都熟悉、以前曾來過的第一任屋主安德森夫婦，那時開聖誕鄰居派對時的同一住家。彷彿經過了專業包商的全面翻修改造，如今的「新」家，摩登又裝潢得一如時尚雜誌上的展示屋。

　　原來，莎朗自小耳濡目染於專業木工的父親，喜歡改良家具，麥克則擅長添造住房，與生俱來對工具有濃厚興趣，夫妻婚後聯手打造低價買得的這棟房子，所有材料、工具、樣品…全部上網做過研究、搜尋、比價後才郵購，不僅屋內重整，連屋外的車庫門、院籬笆、拓寬水泥車道、園景重新規劃，全是兩人多年來，不時研發新主意且親自動手實現的成果。高強的DIY本事，讓在場鄰居們，個個傻眼結舌，瑞蕾笑說：我懷疑搬走的諾琳‧安德森，還會認得自己當初的住家？

　　莎朗的組織能力也許和她的電腦專業有關。整修為雙層的花崗石廚檯底層，依次排開：切片並以斜體字列名的網購起司、水果拼盤、巧克力摩卡蛋糕、櫻桃派餅，廚檯上層則擺放汽泡果汁、甜酒、五六種不同口味的咖啡、茶袋，有條不紊的流程，顯現應有盡有的選擇，我笑看畢爾拍拍肚子，不知是已「吃撐了」？或真「吃不消」？極有可能兩者都對。

　　十一點整，話語漸疏，再好的筵席，也有散場的時候，一頓晚餐，耗時五個半小時，流水漸進式的輪流當主人也當客人，能不獨特？向主人道別後，眾夫婦迎著屋外銀亮月色，拉緊外套衣領，且伴且走，有一搭沒一搭的接話、互道晚安聲中，走回各自家門，想著臨離去前，甜點主人麥克的實際建議：下回何不以兩家為一準備單位，去三家做客便可縮短晚餐

時間？說的合情合理，也有待下回分解，倒是臨進家門前，我驀地算起浪跡美、加的歲月，總共搬遷七次，每回的駐留有長有短，卻從也沒料到會在卡城布街的隨緣落腳，一晃就是二十多年過去，看著布街的子女成長、離巢甚至成家，往日大孩子們受雇於當彼此小小孩「看顧的哥姐褓母」的逗趣時光，早已去而不復返，留下鄰居間長存的友情，我們這群「空巢」鄰居，巧尋名目，敞門相迎，到各家走走，看看彼此家居變化，也藉機敘舊聯誼，怎不是另種浮生情趣？

（中華副刊2011年3月18日）

（並收錄於北美華文作協文集「空巢共晚餐」）

教授難當

　　一位外子同事，教課時突然口齒不清，搖晃倒地，學生打911送醫急診，數日後出院，便宣布把原訂已批准的年底退休，提前到暑假，而這學期還有一個半月才結束，決定請長假療養。

　　真沒道理！不菸、不酒、喜吃健康食物、每日規律慢跑或散步的學者教授，才60歲出頭，一年前竟得肺癌，幾回化療後，形體雖委頓、消瘦，暑假休息一陣，秋季開學也仍堅持照常教書，所幸精神狀況不差，本以為日漸康復，不料這次卻突發性昏厥，讓他下定決心：留點體力、時間給家庭，畢竟「家」才是他的第一優先。

　　行進人生的秋冬季，肢體的折舊磨損，日形顯著。卡城住了20多年，已隨外子歡送過多少位他系內老同事的退休宴，其中四分之三乃健康出問題，而決定歸隱。病兆原因很多，眾所周知的家族遺傳、飲食睡眠、生活習慣、加上心情壓力，全是因素，隔行如隔山，各行各業的箇中辛苦，只有本行人能共通明曉，但真不知使這麼多位學者健康大出問題的關卡，又始於何時？胡適的「要怎麼收穫，先那麼栽」，最能言明每椿事件都有其發生的緣由，但看熟年空巢後，健康是否折損？家庭可還圓融？子女都獨立有成？不都是當年如何栽種秧苗的收成？

　　仍記得1970年代的博士生，在經濟困窘、感情追求或勉力維繫已有的家庭外，一周七天多是焚膏繼晷的伏案鑽研。他們寫論文不順時的疲憊、準備口試受刁難的焦急，找學術界工作時，

飛赴多個校園輪流答詢面談的緊湊。上任之後，兢兢業業，為求踏穩腳步，只能再上進，努力顧及水準學府的三方要求：繼續做「研究」並在著名期刊發表學術論著；「教書」受學生評鑑制度的考量；「服務」則得參與或組成系內、院內各類小組，定期開會，貢獻時間心力並有顯著成果。

憑這三方面的考績，便是一路由助理教授、副教授、獲終身職（tenure）、正教授、講座教授的學術界升級憑據，至於「仕途」順逆乖舛，跳升各大學府的重新適應，常重複在人際環境的交織中。這其中，多少位傑出學者，因堅持「比別人多走額外一里路的努力」，孜孜不息，成就終能眼明照人，使同儕敬服，有幸身為一個近距離的旁觀者，我十分欽佩他們那股為學術付出心血的毅力。

那麼，這位外子同事，不菸不酒，規律運動卻得癌症的「迷思」背後，又是哪個階段埋下的種苗呢？

（世界日報2010年4月15日）

管窺病痛

　　大梧‧若塞爾教授，「心」出問題，連走上二樓教課，都需要停、喘多次才能完成，耗時耗力又不得不動的痛苦，被心臟科醫生告知：心，已嚴重損壞到無法修復的地步，只有「換心」一途。

　　醫院對捐心者與受心人必須經過諸多遴選測試，六十七歲的他，拖磨等待了年餘，終於等得配額，住進密西根大學附屬醫院，成功安置了一顆年輕的「好心」。出院後有如新生的若塞爾教授，因收受了意外事故而往生的青年人家屬所捐贈的這顆「好心」，連帶的退休計畫也有了幡然改變。

　　根據醫院的統計，「換心人」平均可再活十年，也有的活過二十五年。若塞爾教授自覺生命既然幸運獲得延長，就有責任也有義務回饋社會，於是他回到系裡再教三年書，還當了一年系主任，盡心服務過後，七十歲退休時，設立獎學金，每年捐贈二千元獎助清寒優秀學子，總算為換有的一顆「好心」，盡點心意也安了心。

　　可想而知，這「換心」手術前後，若塞爾教授必然承受了不少生理與心理的苦痛，術後長期服藥以防官能排斥，面容平和且常帶笑意的他，還努力服務他人，雖說「忍痛度」因人而異，將心比心，還真令人感佩！

　　近日，開車外出辦事，經過鄰家時，看見正在前院草坪上推剪草地的鄰居，湯姆‧巴達先生，他慣用的右手臂，彎曲著吊

在黑肩帶裡，換以另一隻左手推動剪草機，照常來回推理草坪，我特意停車，搖下車窗，對他寒暄：怎麼回事啊？很不方便吧？

他停下笑答：是稍微有點不方便，右肩受點撕裂傷。

我想起了去年他背脊腰椎因椎間盤相磨長骨刺，未開刀前，哈彎著腰，看了都覺得苦痛不堪，相熟的湯姆太太，黛比，在街坊的鄰居生日派對上，對我轉述開刀前，醫生問湯姆的對話：

「從一到十，你怎麼形容你的疼痛？」

「大概二或三吧！」湯姆回答。

醫生訝然：看X光片，你少說也有七或八的疼痛度呀！

真不知是否忍痛度特高？或是醫學進步，醫治及術後復健，當真不覺得痛楚？有病痛也不太出怨言，多獨立自主，自束自策，不喜求人代勞的典型，湯姆顯然成了箇中代言人。

友人史提夫‧瓦特的八十多歲寡居母親，老來病痛，發現時，已屬末期癌症，她不願給成年子女添麻煩，有社工幫忙，靠一部電視機，訂閱的雜誌，也看些書，就這麼伴著癌病度日，「沒聽過她抱怨、喊痛、或感覺寂寞無聊」史提夫是這麼說，而後史提夫拿了「優退」提早退休，商得太太同意，自己回家陪侍老母親數月直至過世，不麻煩人的老母親，即使癌痛得豆大汗珠淌下，也還強忍痛楚捱著，倒是病褥前的兩位子女看不過去，流淚要求醫護人員打止痛針！

管窺病痛表態，靜思之餘，也是實際人生體認。

（中華副刊2010年11月30日）

「紐沃」緣

　　「蓋爾昨午緊急進醫院，開心臟動脈繞道手術。」系裡秘書，傳來這麼一則撼人的電郵。八年前的事了，卻印象深刻。當時，外子大吃一驚地向我轉述，而我的驚訝，恐怕還在外子之上。

　　一個體材適中，生活規律，不菸、少酒，喜歡散步、釣魚，時常安步當車到學校教課的人哪，難道是西式飲食的隱憂，在年過六十以後，不幸轉變成的事實？

　　二十多年前，剛從加拿大艾省搬下密州卡城時，凱希和蓋爾·紐沃，是我們最先交往的系上教授夫婦。那時，年近五十、中等身量的兩人，早就在大學時代成婚，育有三子，以典型基督徒的熱心和友善，最先招待我們全家到他們家裡進早午餐。

　　就在兩家交談融洽時，蓋爾不見外的打趣妻子：第一次和我們在假日旅館的餐廳見面茶聚時，凱希前一天晚上才得知她也被邀請，驚叫：「我還沒去做頭髮欸！」原來，她以為接聘這個教職的教授，應屬注重社交禮儀、裝扮不好簡慢的熟老之輩。

　　遷居安定之後，曾多次家宴外子同事夫婦，以及舉辦女配偶們的「午餐聚樂部」，有來有往的互邀互動裡，友誼漸熟漸添溫，個性相類、平易近人的蓋爾和凱希，更是每回聚首時，我們最樂於傾談的對象。

　　有鑒於蓋爾不怎習慣中國菜，我學食譜做casserole：芹菜切小塊、洋蔥和青椒切碎，少油略炒，加入牛奶、麵粉、一罐蘑菇

雞湯，以小火煨翻均勻後，拌入嫩熟雞肉方塊和韌熟的義大利短寬麵片，裝大康寧器皿加蓋，放進375度的烤箱，烤30分鐘，便成這道招特他夫婦倆的「周末雞」炖盤（Saturday night chicken casserole）。

凱希讚美可口美味，還向我要了食譜，有趣的是這道葷素具全、主副皆備，有若「一鍋香」的炖盤，多年以後，不僅成為她家的空巢周末特餐，也是以後她兩個成了家的兒子和單身小兒子，最簡單、最拿手又百吃不厭的一道主食哩。

蓋爾出院三星期過後，外子和我擇日預約到他家探候。滿面和煦笑容的蓋爾，自道胸口留下六七吋長的刀痕，又撈起褲管讓我們看他由左腿內側擷取靜脈血管的傷痕，閒閒說來，不忘感謝凱希前前後後有如特別護士的照料他、侍候他，凱希則幽他一默：當國王的日子，滋味應當很不錯。

他們幾十年的婚姻共處，似乎已磨成合拍的調侃搭擋，經歷心臟手術，兩人都明顯的消瘦，感覺出夫妻有難同赴、相互照應的真情，很讓我感動。

蓋爾完全康復後，有禮的凱希，專誠邀我們上她家共進午餐。

鮮花加燭光擺設的餐桌，雅潔如昔，我們兩對夫婦，談得趣味，吃得有味，津津的菜點，雖平常，卻絕對健康營養：沙拉船、嫩烤雞片、全麥小餐包，另以低脂冰淇淋加新鮮櫻桃當甜點。席上分兩式依個人喜愛取用的「沙拉船」，盛裝悅目的黃、白、綠相間的沙拉，很能呈現凱希喜歡精巧餐點的特色：

「菊苣沙拉船」，輕巧如兩指間的一葉輕舟，是以有機菊苣（endive）一片，滿載著果菜沙拉，由切成小丁的蘋果、葡萄

乾、芹菜、煮蛋、核桃，以優格拌勻而成。

船身稍大的「綠船沙拉」，則以小片嫩羅曼尼（romanie lettuce）生菜葉的凹槽盛放同款沙拉，爽口清脆，能依各人喜好取食的設想，怎不周到？

蓋爾開過刀後，凱希下功夫研究食品營養，還註冊參加醫院為動過心臟手術病人開的餐飲講習班，注重飲食調攝，也規律相伴散步，兩年後，蓋爾拿了優退，提早從杏壇退休了。

八年前的往事歷歷，我們因公或私，仍有機會交誼，他們的大兒子，史提夫‧紐沃博士，在蓋爾退休前一年，也進入同一所大學任教，子繼父業，演成不落日的「紐沃教授」家族，只不知，這麼多年來，「紐沃」家族的「周末雞」晚餐，因成員增加，別有不同風味否？至少，「菊苣沙拉」在我家，已多添加雞丁一味，改葡萄乾為新鮮葡萄丁，避開略帶苦味的菊苣，全以羅曼尼生菜包食了。

（世界日報2013年11月26日）
（並收錄於2014海外女作協文集「異國食緣」）

客居「中正」雜記

隨先生的休假年（sabbatical year），有機會客居嘉義民雄的中正學人宿舍，遠離市囂，生活簡單，感覺一切返璞歸真起來。

所住的高樓宿舍，具歐美式外觀，室內桌椅、沙發、床、冰箱、電視，一應具全，枕頭、床單、被褥、鍋盤碗筷則自理，十分的合乎個人衛生，由美返台，只短暫停留三個月，家私縱有所缺，也以少買為上，從簡度過便好。

於是，兩只中型偏小湯鍋，輪流煮飯、炒菜、煮湯、下麵、烤吐司、熱粽子、蒸饅頭…儼然成了包辦牌的萬能鍋，只是，煮出的飯常帶鍋巴底，炒菜演成熱拌燙青菜，湯麵嚴防焦底漫溢，烤吐司，鍋下需開微火，鍋內則要小心翻面侍候，蒸饅頭，就架起兩根竹筷於鍋上，隔水蒸熱。比起初中童軍課的野炊，簡直便利又乾淨的省時省事，文明中帶有幾分原始，對這份自我變通的調適，還暗暗地有丁點的得意感。

由於住在頂層的八樓，居高可遠眺嘉南平原的美景，卻因久無人住，客廳前方的有頂陽台的冷氣機上面，窩了五口群居的灰藍鴿，雖然秉性「不殘鳥雀」，也欣賞晨昏天際的鴿影翩翩，然而，每天早晨當我提水桶沖洗陽台上眾多排泄物時，多以「陶侃搬磚我提水」的運動精神來自勉，否則，為避免異味入室而教客廳落地窗不常開的「悶」，真會趕飛不少情致裡的「仁」與「美」。

既成無車階級，廣大校園內，安步當車，最是自然又康

健；長程可搭校車、縣公車、專線巴士、或計程車轉台鐵、高鐵，一樣無遠弗屆，隨想、隨興，記錄二三事。

在校言校，高等學府的林立，光是嘉義一縣，除了中正大學以外、還有校名較顯的吳鳳科技大學、嘉義大學、南華大學，如果上網細查，可還有大葉大學、稻江科技管理學院、大同技術學院、台灣體育學院嘉義校區、嘉義縣社區大學，所開設的學群科系，諸如非傳統的餐旅、美髮、社工、生科、犯罪、成教…，各具實用性，而研究所裡，讀碩、博士生大量增多，教育普及的程度，足以讓去國已久如我者驚佩。

趁春假，訪遊近處的阿里山、日月潭。看見多群遊客跟隨手持鮮豔旗幟的導遊們，走賞在神木步道區、排排同坐呼突的小火車裡、比肩魚貫登上水社渡船、或是聚坐邵族小吃館，初老輩相互照應搭理，年輕輩捲溜的口語，不時說笑似的穿插「對啊」、「對啊」的現學台式口頭禪，我忽然記起五、六零年代的童謠：「一、二、三，到台灣，台灣有個阿里山，阿里山，大神木，明年反攻回大陸」，而今的阿里山，四周圍可都是樂哈哈的彼岸「陸客」族哪。

是時，天稍涼，身穿兒子送的深藍長袖薄衫，胸前印有他的大學校名和足球隊名，圖的是青山綠水間，衣著柔軟則行動轉寰方便，不料卻為我引來兩次「素昧平生」的交談。

第一位是金髮年輕女子，她對我甜甜一笑，說「哦，是密西根哩」，在台灣能碰見全美大專組名氣大的熊狼（wolverine）足球隊隊名，很是親切而藉此小聊幾句；另一對中國青年夫婦幾次轉頭相看，忍不住問我是否有子女念安納堡的密大？原來這位

執教於中山大學的男士，兩年前才從密大獲得機械博士學位，在日月潭看見曾經埋首研讀過的大學校名，感覺親切，自然也就搭話容易。真沒料到，一件深藍長袖衫，上面印的Logo，竟會引出如此的「驚艷」！

　　遊畢日月潭，在交通總站候車南返時，只見班次緊密的遊覽車、縣公車，吞吐著成團結隊的觀光「陸」客，他們和其他的「台」客、「洋」客，一起遊日月潭的山中、水上美景，共處共賞，不也有類於水社遊客中心，進門口的那副頌揚日、月兩潭的對聯「兩湖攜手兩岸情，一衣帶水一線牽」？時光流走了創傷，時代走出了朝氣，這未嘗不是時勢演化的進步。

　　倦遊歸來的清晨，慢走中正校園數條幽靜的林木長步道，有別於日月潭的許多或環山、或繞水的長步道，這是屬於另種氣爽神清的沐賞。

　　少了熙攘的遊客和市集的喧囂，沿著或直或橫的長步道，滿眼盡是綠的朝氣、清美和靜逸，走過後，飽含有綠意洗滌身心的寧和，直教我生出「捨近求遠」的感覺，其穆美、其自然，也只有親走「中正校園」一遭，才能真切體會哩。

（中華副刊2012年6月13日）

拾穗「中正」

　　龍年初春，隨外子回台三個月，客座嘉義的「中正大學」。對一個離台超過半甲子有餘的「故鄉異客」，能以近距離、長時間去重新體驗並觀察南台灣一所欣欣茁壯中的大學，確是機會難得，隨興記錄活動一二，也是分享。

美哉校景

　　第一次走進印象裡全無、創校僅23年的中正大學校門，乍見氣派的寬廣橋下，躺臥浩大的「寧靜湖」，心頭已躍有幾分好感，行走橋畔時，民眾遊客裡，有特地攜帶專業攝影腳架器材，站橋頭拍取鏡頭，而焦距無論是對準清朗遠景或湖上黑天鵝、野鴿、鴛鴦、野雁，那幅人景合一的景中有景，成了我初訪「中正」，過眼難忘的一景。

　　校園內，眾多挺直的欖仁樹、彎曲的樟木、婆娑的鳳凰木，成排成行，環拱出看不見盡頭的綠色長道，若是從校園東北角的學人宿舍走出，地勢由上往下延伸，順坡可以走得輕鬆愜意，再換條步道橫走，仍然是綠樹夾道、如傘如蓋得不見天的怡人清幽。

　　清晨起得早，走一趟校園數條幽靜的林木長步道，頓覺宿眠滌盡、氣爽神清的鮮活起來。有時左顧右看樹影間的建築，幢幢渾厚偉岸，尤以從屋頂上方，鋼盔式地朝下架罩紅鋼條的體育館，有如巨爪著地、遒健護館般的穩固，而盤踞式的行政大樓，

讓我聯想起「木馬屠城記」的獨特外觀，的確是很容易辨識的大樓地標。

若還有足夠的腳力，再趁興走探後山森林步道區，可見高聳的綠樹、野蕨、草坪、亭臺、荷塘、蟲鳥、鼓蛙…，偶而，還會在山徑遇有漫步沉思的教授學者，為山景增添不少風雅的書卷氣。

讀過「你所不知道的林清江軼事集」，方知在23年前，創校校長林博士對占地132公頃的土地規劃，採取了建築物和種樹同時進行的方式，以「十年樹木、百年樹人、千年立校」為目標，不但建築追求宏偉、寬敞而堅固，連校樹的挑選也別具心思。當時，曾有建築師建議「樟樹，漂亮，主幹彎曲，隨風搖曳，具天然抗颱的美德」，但林校長卻以樹幹筆直、既中且正的「花梨木」，吻合了校名「中正」而選中。

校園裡，不盡的高挺綠意烘托氣勢磅礡的建築，流泛著足以靜思、研究、學習的高等學府氣息，又根據連任的吳志揚校長，讚揚學校的現有師資，百分之九十八具有博士學位，加上多元化的治校目標，包括國際長短期師生交流和學術教研計畫，具備「走出去」的大哉國際觀，而學校位處嘉義郊區，環境單純，少些繽紛的引誘，父母親對離家求學「中正」的子女，應該比較能放手、放心吧？

校園「好老師」講演

筆名「七星潭」的作家楊茂秀，於春華爛漫的三月，到「中正」演講。身為毛毛蟲基金會的創辦人，這位兒童哲學家，

喜歡說故事時帶點哲理，認為「敢講」是說故事的第一要件，而故事要自己說，說自己過去的經驗，比如講小時候的故事，講到「忘記」的時候，就是「創造」的開始。

他說「會說故事的人，要會唱點歌，把人性哲理、通俗民歌、民情融會貫通成一氣，可以解除說不足之困」，認為好聽的故事，無關真假，但要有音樂性、有結構性，講話的口音自然就好，「說故事說到人家睡著，那可是說故事的最高境界」，我想，孩童夜晚睡前的床邊故事，就是如此呀！

他以為小學老師應該最會說故事，又有哪個小孩不愛聽故事呢？一個好的故事，就像好朋友，可以讓聽者從中體察、認同而有所了解，「教育」於焉完成。

源於親身經驗，他覺得一位好老師，即使在處罰學生時，內心仍會不斷反省，處罰若有失誤，也能立刻改正；而好老師還具有本事學會自己不懂的東西，再拿去教會別人，因此最能知道學生初學困難所在，而給以有效的迷津指點。

原來，演講的主題「好故事、好老師、與好教育」，是經由如此的穿結、串聯而來，我不禁聯想：育有子女的父母，若果採取如此「喜歡說故事的好老師」角色，去教養子女，是否也比較能養出享有快樂童年的孩子？

「天下」座談

向晚蟬聲不歇的五月，超滿座的中正圖書館底樓，我早到且選坐前排，靜聽殷允芃女士的講演。

她介紹「天下」雜誌命名的來由，乃節自國父的墨寶

「『天下』為公」。這份發行廣大的財經雜誌，一向以務實、正面、具深度作為自我期許，而知識的提供，不光是「知」，還要拿來「用」才實際，她十分推薦「閱讀」的習慣，有如給與一對翅膀去飛，這才是教育的海闊天空。

至於閱讀，殷女士推介：先看有興趣、愛看的書、經典的書，也看電影，看過後，需經過沉澱，留點思考的空間，才能消化吸收。

「順著長處和興趣走，而非對著短處硬要跟它拼」

「最大的挫折，反而會轉折成為日後最大的成功」

「獨立、自尊、有自己的想法，想做甚麼、想清楚，就去做，做了要講，但不誇張，才能有交流和進步」

以上都是殷女士親身走過的經驗談，還包括她回答「如何有效處理人際關係？」乃在於「用心傾聽，再以同理心去看待」；她告訴有心謀職的同學，不僅「天下」，任何職位都期待員工能「持續的學習、反省並改進」，如此積極、正面的態度，努力一步步去做，面對未來，雖不見得會有成就，但比較有希望會有成就，也比較快樂。

延長的座談，在掌聲久久不歇中結束，親臨聽講的吳校長於結語表示，不期然的偶然，這些理念，竟切中了「積極創新、修德澤人」的「中正」校訓哩，我卻覺得心態向上、個性陽光，走在起伏難料的人生路上，最起碼，不容易讓年輕的「草莓族」或「低頭族」們，不小心輕扣了「憂鬱」之門！

（收錄於「北美華文作協網站文學期刊」2012年11月號）

偶留鴻爪

　　過往日子，雖已逝如雲煙，偶然想起，總也留有記取的片斷；進行中的日子，箇中因緣際會，走過歲月，也終將成為偶然留下的足跡。

不是好馬

　　當Merry-Go-Round音樂響起，女兒和他的一對稚齡子女，分別坐上相鄰的兩匹旋轉馬上，拉緊馬腹長竿，忽上忽下的隨樂音起伏而歡笑，剛學步的外孫，偎在女兒胸前，莫明地四下張望，已上學前班的外孫女，則高興得不時傳來稚嫩笑聲，當馬轉到了我面前，我忙以相機，捕取他們歡展的笑顏。然而，再快樂的美好時光，也會有終了的時候，隨著音樂的中止，外孫女順從地，讓大人抱了下馬，笑容依依地要求：我們下次還要再來喔！

　　她的意猶未盡，讓我想起女兒學齡前，我們住加拿大的蒙特屢市，有回我帶她逛街購物，讓她騎坐伊藤百貨公司外面，遊樂廣場上的一匹電動馬。

　　每投入一枚夸特硬幣，起伏的電動馬，便帶給女兒數分鐘短暫的「騎馬樂」。當時，她那緊抓馬耳、側臉向著我，隨節奏音樂起伏而飛揚的神采，全然快樂又滿足的模樣，至今讓我難忘。

　　當年猶屬「新手媽媽」級的我，只記得半帶寵、半不掃興地，當馬停擺時，立刻塞進第二枚硬幣，馬，瞬間又活了！寶

貝又笑了！怎知當機器馬再度停止不動，女兒竟膠賴著馬背，就是不肯下馬，大庭廣眾下，為免失態的愛臉，不得已，我只好依了她。

　　終於，該來的，還是來了，馬又停了，皮包裡已沒夸特硬幣，再說，一匹馬連坐三次，也該適而可止，更何況老順她意，寵壞了就難有原則。無計可施地，正想一把將她抱起，附近歇息長椅上觀看的一位法裔女士，起身走向女兒，慈藹的對她說：這匹不是好馬，跑幾回就累了，再也跑不動了，需要好好休息，小甜心，你說是不是？

　　當時，兩歲不到的女兒，語言程度並不見得能理解女士的法語腔英語，倒是對她搖手又擺頭的姿勢，和媽媽平常的「不可以！No！No！」是一個樣子，她緊緊摟著我脖子，讓我抱她下馬。

　　女士賦電動馬以生命的想像，對小孩編織以飽含愛心又合理的解釋，無異為我開啟了一扇在異國教養小孩的溫柔窗，也是日後陪伴女兒讀童書時，在美式兒童創作裡，最常發現的原動力。

　　「溫和、有理又堅定」女兒至今沿用於她的下一代，外孫女的享受騎馬樂而不撒賴，大有別於當年的女兒，只能說，外孫女的媽媽，確然比女兒的媽媽，更奉守有教養的原則。

婚禮的缺席

　　在美出生的女兒，對她的另一半想轉往西岸謀職的打算，十分踟躕，除了房價貴、生活費高，另一理由：「沒有親人住那

兒」。

　　我啞然失笑！

　　六、七零年代，獨闖異國、學成需綠卡的留學生們，「哪兒找到工作，便往哪兒搬」，幾乎是放諸四海皆準的準則，有親人住那兒，是不可多得的幸運，沒有，更屬理所當然，女兒的考量，該算是代溝吧，畢竟年歲有近乎三十年的差距，生、養、教、成家，全在這塊北美土地上的她，自有不同於第一代移民的心態和價值觀。

　　當年不但沒有住得近的親人，才念完書的經濟拮据，必須精打細算過日子，也為記憶抹下幾筆灰色色彩，缺席於畢爾兒子的婚禮，便是其中一樁。

　　有別於今日留學生的多少有台援、陸援的家庭接濟，外子孜孜矻矻舉債讀完學位，尚需寄還出國欠款，逢年過節，盡可能也匯款給雙方父母，小家庭不必要的開銷，能免則免，不必要的應酬，多半謝絕，陽春生活，因年輕而有味，卻讓「畢爾兒子婚禮」事件，紮實嘗受了渾身不是的滋味！

　　那時已由加東的蒙特屢市搬到加西的卡格利市，外子晉升、貸款買房，我於添子後，辭職在家養育子女，房貸利率高達百分之十五之下，「簡單」依然是守則，都市生活各忙各的，社交層面不廣，沒那個需要，便多年不曾置有正式場合如參加婚禮的衣飾，加上子女幼小，臨時不易尋得合適放心的褓母，面臨畢爾老教授的兒子婚禮，只得請外子獨自參加，既然擔當系主任，受邀總該出席、說幾句話的。

　　婚禮回來後，外子又如常忙他的教務，直到搬離卡格利前

一年，我下班後，請鄰居照看子女，隨同外子去赴他院系舉辦的盛宴。宴前寒暄時，薇瑪舉著紅酒杯，開玩笑的對我說：「畢爾添孫了，在他兒子的婚禮上，羅傑喝醉，都沒人扶回去呢！」明知她是揶揄我的沒伴同出席，我只回說，「那時子女太小，臨時請不到褓母」，近旁的黛比，竟然搭腔：「我一直都備有兩三個褓母，總有一個可以呼應嘛！」怎能和久居高級住宅區的富裕本地人比呢？嘴說「我真希望有妳那麼幸運！」心裡直嘀咕：這兩位正、副院長夫人，真是「飽人不知飢人苦」啊！

話雖如此，按情理而言，夫妻共同出席公眾場合，是禮節，也是對邀請者或單位的尊重，能享共同的體驗，促進感情，也便易彼此談話交流，一個真想喝點酒，還有一位可開車回家，若果喝醉了，需有伴相扶，倒是不假。

從此，有如當頭棒喝：入境隨俗，北美主流社交應酬，夫妻還是盡可能相伴出席的攜伴為上。

國外打太極拳

南遷下美中西部的密西根州，所住卡城的洋友圈裡，多屬友善、善於為人著想的友朋。

T友於多年前，創辦「道家太極拳社」。拳社依需要開初級、繼級和復健班，只要有興趣、有時間，可參加多位教練、不同時間的練學。

一向對「太極拳」感興趣，有此機緣，自然躍躍欲學地交付會費，分別向三位講師練學，認真練完了一期三個月、初級班的一百零八招拳式。

從戀戀初學，而後繼學的練拳至今，除了創社的T友是中國人，其餘八、九位初級、繼級班都是洋教練，拳友九成也都是洋友。課堂和善、愉悅的氛圍，感覺身心放鬆，尤其上初級班時，常讓我忘記自己是唯一的東方人。

　　練太極拳，講求心、身的由內發於外，專注於平和、緩慢，只要招式能連貫不忘，便打得流暢優美，而長期打拳以來，洋教練耐心的教示，洋友們切磋琢磨，相處自在如家人，所有教練都是不支薪、但付會費的會員，洋友們絕非「各人自掃門前雪，休管他人瓦上霜」輩，會社裡的座椅、盆栽、茶點、餐具，都是會員捐送，平常課前、課後、休息用茶的感情交流，乃至暑期野餐，中秋、新年聚餐的自帶一菜，甚至借出自家桌椅、供住房，以便舉辦州域拳社聯誼教學坊，都屬自動貢獻、自願參與性質。

　　當初，源於興趣，鍥而不捨練了太極拳，健身、交友之餘，耳濡目染地，也回饋社團，義務當隊領，參與拳社以及社區鄰居的聯誼活動，也簽名加入鄰居大手術後，復原期間的膳食供應團隊…。城小，容易連結相識友朋的相識，而敦厚的人情味，端在善心、意念之間，練拳可謂為我打開了另一章「無處不長見識、無處不可學」的人生。

（中華副刊2016年1月21日）

退休的祝福

臨到最後一日，向校方交還電腦，也交出了辦公室鑰匙，先生正式從學校退休了！

當天，安城的兒子，看了老爸傳送的三張清空了的辦公室照片，寄來電郵：我還記得小學時，有幾個傍晚，你去教課，我曾經在你辦公室玩電腦遊戲，窗外的冬青樹長得更高了！那會是你心底永遠的辦公室…。

南加州女兒的電訊：我可能會永遠記住了你的辦公室電話號碼，不論是誰承繼你的辦公室，都是一位幸運兒，現在，你將朝更大的歷險邁進！恭喜啊，爹地！

職場的子女，人生階段裡，已先後進入「中年人的戰場」，伏櫪的老驥，似將「志在千里」交了棒，他的悵悵然，我可以體會。

回首前塵所來路，先生四十二年教書歲月，輾轉美加四個大學，迎暑送寒，輪替埋首在教學、研究、行政工作中，著述不斷、職稱也與時俱進到了頂，正逢教書生涯夕陽無限好的時候，然而，年華已老大，北美大學教職，雖無退休年齡制限，但教書以外，可也還有許多有趣味的事，想要嘗試、經歷呢。

踟躕於何時引退，先生曾猶豫難決地考慮經年，所幸家庭財務早已規劃有序，卻需考量系上、學院的諸多人事變化，觀前顧後，不影響大局下，尋找適當時機，才好對校方、系裡宣布。去歲歲暮，他終於正式遞出了退休意願通知信函，了卻一件懸心

大事，從此大勢底定了的輕鬆。

　　然而，作為他的伴侶，我卻感性依依的頻頻回顧這一路的留學、教學，由篳路藍縷到以教研回饋學界，從白手起家到學成後的教學相長迄今，儘管歲月、人事、子女，磨去了我的銳氣，磨軟了我的脾性，卻磨不掉我對他多方的瞭然於心。

　　嘗試著問：退休前，要不要一年只教半年的預先習慣步調後，再考慮全退？

　　他灑脫回答：夠了，退下，就不再眷戀，要不，又何必退？

　　之後，見他興致勃勃的瀏覽群書，計畫旅遊、維修屋舍，晨運後，又對尊巴（zumba）產生興趣…，退休，於他，意味著不再有教研工作的壓力，頂頭雲層盡散，從此隨心順意，好不自在的過日子。

　　迎向晚晴生活的開始前，我且引劉禹錫的「莫道桑榆晚，為霞尚滿天」，作為從學校正式退休的先生，以及許多識與不識、同在退休路上的朋友們，共勉日頭雖已偏斜向晚，也能炫麗得仍有可為的誠心祝福。

　　　　　　　　　　　　　　　　（世界日報2017年8月26日）

緣深，情也深

　　那年，我二十五歲，七零年代，初來乍到內布拉斯加州的林肯城伴讀；而今，落腳在密西根州的卡城已近二十九年，從林肯城、蒙特屢市、卡格利市、而卡城，由初陽躍昇走到斜陽歲月，人生幾個重要階段，都在北美度過，回顧過往，此生如寄，即便在原鄉台灣，也是彰化、南投、新營、台東、台北的隨父親調職和求學而遷居，有如萍葉一般，浪跡處處，能隨遇而安地處處為家，應屬幸運。

　　來美首站的林肯城，乃內州首府、內布拉斯加大學的所在地，外子在這大學城攻讀學位時，我也修課伴讀，雖然經濟拮据，並不改其樂，但覺凡事新鮮，兩人甘苦與共，報喜不報憂，克勤克儉的面對異國生活，堅信：只要拿得學位，其餘謀職、居留，都可以依次解決。

　　當時租在一棟七十五年、雙層、有四個單位公寓的底層，住進後，方知另三位鄰居，全是寡居老婦人，她們慈藹和善，偶而碰面，總要寒暄良久，身處老人公寓中，陷入離鄉背井低潮時，特能感受有她們為鄰的溫情，尤以同層的德裔瑟碧娜，自願代我們收受包裹、郵件於出城時，提議可為我指點英文，還不時送來自製小點心。有一回，甚至代為保管晚歸忘在房門外的鑰匙串，次日，直捱到我們早餐過後，才敲門送過來，感激之餘，周末常載她一起買菜，或幫忙照單代買，她女兒住鄰城歐瑪哈（Omaha），只有911送瑟碧娜進醫院時，被通知才造

訪，旋因工作不能離開太久而回去，瑟碧娜曾去女兒家小住後歸返，始終不肯住進養老院，看在我當時年輕易感的心眼裡，想著流傳的「美國，是孩童的天堂，中年的戰場，老年的地獄」，別有戚戚。

離住處幾條街外的州政府，建築巍然，花木扶疏，我們經常去散步，也因此邂逅了任職司法部副部長的host family梭特夫婦，他們熱誠友善，逢年節對外國學生十分照顧，兩年後，我初為人母，夫婦倆親送手製餐點和嬰兒禮品，到敝舍探視，慈祥善體的厚意，讓我當場熱淚盈眶又萬分想念千萬里外的父母親！

林肯城，我來美的第一個歇腳地，因緣際會，與老輩結緣，梭特夫婦更是我年長後的楷模，所曾結交的多位留學生家庭，至今仍有聯繫，年輕時憧憬的夢想，因著女兒出生，外子取得學位又覓得教職，居留問題果真順利解決，夢想轉成腳踏實地的理想，離去時，我默許：將重返回顧初跡。

1977年秋，我們攜六個月大的女兒，少少的家當，迢迢開車北往蒙特屢市的麥基爾大學赴職。

麥大乃魁北克省獨有的非法語大學，蒙特屢市又是唯一以法語為主、法裔居多、深具歐洲風味的加拿大第二大城市，來自美中西部大學城、歷經節衣縮食的我們，堪稱劉姥姥進了大觀園，耳濡目染加上年輕、學習能力強旺，雖然路標盡是法語，也能上路，很快便融入當地生活，基於新奇，假日或開車、或搭地鐵，開始造訪該市名勝幽景，又因小女在附近公園，和孩童互動而識得幾位公寓鄰居，北遷加國的新生活，由是開展。

當外子第一次領薪時，先付還銀行車貸，再寄回出國欠

款，分期償還，過了大半年的陽春生活後，才有餘力逐漸依需要添傢俬，也仍記得捲起睡袋，高置櫃格，躺睡在第一張購買大床上的舒適滿足，簡樸而快樂，便是兩人的青春歲月在異國他鄉生活，最好的詮釋。

生活進入軌道後，為求進步的更上一層樓，日間照顧女兒，夜晚便與外子換班，我上夜課，取得麥大的語言流利證書後，再搭配外子白日教課空檔，請他在家陪女兒，我往麥大選修會計，由文轉商，只為了日後謀職容易啊！

女兒的大、小睡眠時間，是我讀書、寫作時光，外子則天天去學校報到，無論教課、開會、做研究、寫論文，其努力功夫和拿學位前，並無二致。兩人輪班用功，或周末、或傍晚，女兒常有機會被安放在他辦公室塗鴉，同事因之戲稱「office baby」，我若在家做功課發呆，「妳看書呀！」同桌的女兒，竟然會一旁督促，兩人身教如此，與她日後「凡學習，必努力」的態度，或許不無關聯。

三年後，魁北克省鬧獨立，女兒依省規只能進法語學校，我們遂決定搬離蒙特屢市，外子受聘於艾爾伯塔省的卡格利大學，職等升級的他，非常感謝也慶幸有麥基爾大學一群資歷顯赫、研究拔尖教授們的帶領、切磋、琢磨，為他日後的學術研究奠下基礎。

習慣了蒙特屢市地鐵便捷、文化璀璨的都會文明生活，一旦搬到以石油崛起而興旺的卡格利市，遇上卡市整整一週慶祝牛仔Stampede Rodeo節，領教粗獷不羈、進取大派的拓荒精神，面對驟然轉折的環境，新奇追加調適，可伸可縮地，便也安然投入

新境地。

外子教職順當，安家卻值房價長紅、房貸利率高達百分之十五時，但就業機會多，吸引我迅速報名駕駛學校，考得駕照也找到工作，把女兒安頓於托兒所，便開始上班，半年後搬出租屋，兩人買得平生第一棟房子，喜悅，但不無感受房貸的壓力。

雖忙碌，可也沒忘記旅遊。從卡格利市出發，極易開車往遊舉世聞名的加拿大落磯山，班芙、傑斯波、路易湖…，美不勝收的大自然，有如鄰近公園般，成為我們週末、假期最頻常的去處，得了地利之便，愛上登山、滑雪、溜冰、拉雪橇、泡戶外溫泉，也是始料未及！

卡格利市八年，外子拿得教書終身職、當上系主任，我因生子而工作中斷，照顧子女之餘，夜間再到卡大陸續進修三年，獲資訊處理證書後，再度進職場，工作、小孩接送、加上課外活動，陀螺打轉般忙個不停，想起流傳的「中年的戰場」，不覺啞然失笑。

偶然的機緣，外子榮膺永久教職講座席位，受聘回到美國密西根州的卡拉馬如城任教。

卡城最主要的西密西根大學，學子近二萬五千名，另有公、私立大、小院校，加上藥廠和研發醫藥器材兩大機構、以及規模進入全美前一百名的醫院，雖列中西部小城，卻不乏菁英民眾。

我們定居的布街，與洋鄰居多有往來，舉辦夏日燒烤聚會、Bunco之夜、慶生派對、度假代餵寵物、室內花草澆水或代取郵件…，互動得極富人情味；而中國朋友間，除了卡城華人聯

誼會、周末中文學校、中國教會以外，另有長春午餐會、太極拳社，以及一年一度的夏日野餐、中秋晚會、新年晚會，小城民情淳厚，市容因遍植行道樹而美化，情真、人善、景美的人生最佳境界，卡城確實都已涵括。

　　卡城居，不覺進入第二十九年，期間，我曾回校讀獲電腦副學位、進過兩個機關工作，兩子女的小學、中學、甚至進鄰城安娜堡的大學，全在密西根州完成。小城住久，人文網脈密密織，深切體會城小的可愛可取，且聽搬往外地的朋友，回來探訪的誇讚：從沒想到卡城是這麼乾淨、又這麼綠！

　　北美停駐過四個城市，或長或短，都雋刻有我離開原鄉後，人生不同階段的足跡，緣深，情也深，「無論海角與天涯，大抵心安即是家」白居易詩裡的禪悟，誠為我的覊旅生涯，寫下慰藉的溫暖註腳，雖然，祖屋所在的原鄉，在我心深處，早已生根難移。

　　　　　（收錄於海外女作家協會2018年年會「我在我城」文集）

行文見才情

2018年11月初，在台北召開的第十五屆「海外華文女作家協會」（海華女作協）雙年會即將來到，會員無不欣喜期待。我有幸擔任審核2016－2018年申請入會會員的著作（加入女作協需送審兩本著作，由三位審核委員審讀，至少獲得兩票通過），藉此閱讀海外女作家的好文采，實是受惠良多。

2016－2018年送審的著作有二十多本書，文體有散文、小說、傳記、報導、新詩、雜文等，隨雙年會的報名截止，審讀也告個段落，自覺拓展不少寫作視野，探知許多文潮的新詞與用語，加上博客、臉書等等網路文學崛起後的結集，一波波後浪推前浪，在潮起潮落的濡沫交融間，審讀就如同追循作者的寫作軌跡踱走一遭，箇中有學習，也有琢磨的獲益不淺。

會員雖新，有多位早已知名異邦，也有多位新手的寫作潛力，敏銳不凡，每屆開雙年會之前的兩年間，吸收得來的新會員，使「海華女作協」成為有源頭的活水，作家固然會老、會凋零，但有一批批新生力軍加入，使這棵擁有二百多名會員的海外冬青樹，依舊生生不息的成長著、茁壯著。

2018年的新會員裡，不乏台、陸兩岸極具盛名大學中文系畢業的寫作者，也許是成長於不同的學習環境、制度和生活背景，也許是學成後，不同的人生歷練，文筆的構思拓展，呈現繁複深層與質樸淳真的對照，嶄露迥異的文風與格調，她們都沐受過中文系嚴謹文學的素養，文學底蘊比較豐厚，應屬異中的相同吧。

源自兩岸的華文寫作，有些用詞，各有不同的趣味，比如吸睛vs. 搏眼球、離題vs. 跑題、被忽視vs. 被忽悠、康健vs. 皮實、沒效果vs. 打水漂、閒聊vs. 海聊、長相抱歉vs. 零回頭率…，讀得能不滋味與想像力齊飛？

　　網路發表結集的精彩文章，更不乏速食文字交流的新詞，諸如：秀幸福、曬恩愛、彩衣女、有型男、小鮮肉、萌翻了、好夯、網紅、爆表…，而「高富帥」「白富美」一時成為青年男女心儀的標竿，科技當前的現代，文學語句，似乎也快速跟進往前翻飛了。

　　也有作者，經過生活的百般艱難淬煉，仍努力寫作，孕育的感悟，藉著散文、小說表述，特別動人心坎：

　　「我們缺少的不是幸福，而是發現幸福的眼睛。」「幸福，都有瑕疵。」「真幸福，像空氣，看不見，摸不著，實際上無所不在，需要的只是細心感受」（德國・海嬈）

　　閱讀的餘韻，多少會影響讀者的心情和想法，隨後的作為，因反芻過，也或許將有所調整或改變？

　　而正能量，總是舒心亮眼：

　　「沒有不可承受的失去，只有不放手的依賴。失去或有天意，為的是得到另一種價值，在這裡遺失，或許將在轉角再遇到」「人總有好壞面，誰也不完美，如果只看好、誇好，去理解缺失，也淡化它，非但交往的人，會更願意呈現美好來面對你，你自身也讓人喜歡」（美國・書涵云冰）

　　寫作屬於鼓勵正向的知人、肯定人，看見人性美、善的一面，有如積了「筆德」，讀得哀怨退去，忿懟遞減，難道不是為

不完美的美好

有心、會心的讀者，闢出另類人際交攘的經典章？

　　此外，不同邦域的兩位作者，不約而同，在著作裡，陳述相近的體會：

　　「人們對符合自己信仰的消息最感興趣」（美國·凌嵐）

　　「人往往關注最多的，是最能引起自己心靈共鳴的那部分」（星加坡·戴小華）

　　書寫的文字，多麼奇妙，又多麼曼妙，足以表達一個異曲同工的境地！

　　兩位重新歸隊的資深會員，加上十一位新會員，每人送審兩本著作，十三枝妙筆，行文見才情的寫出姿容各具獨特性的書冊，其中：

　　有創作態度嚴謹，甘冒危險，去阿富汗戰地觀察，寫成驚心動魄情節、波瀾緊湊壯闊，以戰爭為背景的重量級小說。

　　有兩位大部頭的傳記文學，文長都達四百多頁，卻很有吸引力，一位著寫歷經文革、北大荒，慧敏脫困，來美奮鬥有成的自傳體小說，另一位撰寫兩代貌美母女自尊又自負的心路歷程與終局，見證「個性」，多少決定了一個人的命運。

　　還有一位的雜文集，文筆格外犀利，對美國時事的觸角廣泛，資料與分析，涵具深度，議論更有獨到的思考與創見。

　　至於重新歸隊的兩位資深會員，都擁有令人仰望的健筆，一位見多識廣，所寫遊記，尤富知性、悟性和趣性。另一位採訪出色，對當代文壇名人高行健得獎後，來自各方品評的深層報導，以及邀請夏志清在世最後的獨家訪談，無不筆勁意足，深刻而珍貴。

兩年期間，不買書，而我卻不停地神遊在一本本會員們的書裡乾坤，確實有充實的感覺，謹期待新舊會員共同持續筆健，「海華女作協」便也常青永駐。

（中華副刊2018年10月27日）

秋光燦金話雙年會

　　十一月在台北舉辦的第十五屆海華女作協雙年會，參加開會的海外女作家們，有近乎半數是座談會裡，現身說法的「與談人」，會員們除了當聽眾，多半還準備當「講演人」或「提問人」，於是每場的文學會談，眾位寫作者會聚的燦亮氛圍中，不時充滿了濃厚的「參與感」，演成此屆雙年會的特色。

　　會員們入會，必也寫、出過兩本書以上，且不說已著作等身的資深作家與當地學者們，言談珠璣盡入耳，擔當三場座談會「與談人」的每位會員，也都獻出寶貴的異鄉寫作生活經驗與心得，藉「座談會」的平台，與聽眾分享，有心、有志的寫作者，從中各取所需養分，吸收溶入，或當借鏡，也或者藉此突破個人寫作瓶頸，豈不如同聆聽受益切實又契合需求的多場「先進寫作」講習會？機會難逢呢，而來自海外各地的文友們，這回結緣，還說不準下次都會現身再相見，這兩年一次的盛會，就更顯難得了。

　　所幸身入寶山，多不願空手而出。

　　綜合融貫雙年會的海內外作家與學者們講演中，不吝分享的良言裡，我發覺有多位名家，都不約而同言明「勤快」「專心」「努力」是寫作有成的不二法門。

　　此外，離開原鄉，使海外寫作的視野更加寬廣，加上在地學習，也多少接受了在地文化，反芻省思之餘，思想經過沉澱，隔著時空的距離，以不再理所當然的清明、不同看法的關懷層

面，回頭去寫故鄉人事；或者換個角度，去觀察、去思考立足謀生地的周邊物事，把所在地的現實人生，書寫成深刻的經歷見聞，都是異鄉寫作秉持的方向。

世副編輯，則提示書寫的文字，質感高、具文采，富藝術性，題材內容能引發讀者共鳴，就是好作品，而多讀好作家的好作品，也向寫好作品看齊，更是座談會上，學者名家對提升寫作品質的坦誠諍言。

有一場聆聽作家張翎的座談會，提及她新出的小說「勞燕」，把阿燕的角色，塑造成一位女性遭逢災難，以勇敢正確的動機，堅忍靈活，宛如水一樣，柔軟地從石隙縫間流過，生存下來，活過亂世⋯，這種「女人如水」的延伸寫法，讓我串聯想起紅樓夢中，曹雪芹藉賈寶玉之口，說出「女人是水做的骨肉」，腦際乍現的穎悟，思之有味。

開會與旅遊期間，拜訪文訊、走看師大、台大、東華校園、訪探故宮、士林官邸、胡適紀念館，甚至遊覽東海岸時，還專程造訪黃春明的小紅磚屋、蘭陽博物館⋯，訪新探舊之間，尤其是重返校園，勾起不少文友情緒化的大學記憶，我卻對曾在七零年代，探訪過的胡適紀念館，別有感觸。

謙謙君子的胡適，理性如清流，高中讀書時，曾買過一支書籤，上印有他手寫的一則名言：「要怎麼收穫，先怎麼栽」，而今站看館內牆上他的另一名言字跡：「做學問要在不疑處有疑，待人要在有疑處不疑」，心想著他的守則「有幾分證據，說幾分話」，這種實事求是的科學精神，懇直唯真的待人態度，磊落光明，自高中讀過他文選作品、在塵世浮沉幾十年過後，也仍

然敬仰他、尊他為何其難得的一位儒雅學者典範！

海外返台，重訪舊地故人，竟興起如斯懷念，應是胡適所塑成典型的不朽吧。

整理行李時，才發現累積了不少開會期間，迎迓單位的贈品和雜誌，文友們慨贈的新書，加上忍不住添購的名家新著，併同旅遊隨買的伴手土產，行囊的飽碩，就如同腦內滿盈的記憶庫存，載滿雙年會的文學新知、旅遊見聞，以及因緣際會的文友情誼，都亟待歸返後，持續的消化、淨空，糅合意念，再生心得，也相互期許文友各以文字再接再厲，共續雙年會後的文學緣。

註：本文與海華女作協同步刊出，女作協網址：www.ocwwa.org

（中華副刊2018年12月23日）

編後語

閱讀需要「心靜」，寫作需要「心定」，以小品散文、趣味圖片配寫詩文，彙編而成的此書，易看耐讀，在編輯校對的時刻，易位成了讀者，客觀細讀，不時浮泛笑意，心情隨文起伏，「訊息津津」的共鳴、「感覺良好」的共識，是所期待。

成書之際，感謝玲瑤在2016年開海外女作協雙年會時，薄嗔的一句「任安蓀啊，妳看妳…」，似乎出第二本書後，沉迷於書法、國畫、太極拳的學習，寫作不勤，枉費她曾為我第二本書作序的鼓勵！汗顏之餘，稍勤於敲鍵盤，終於有了這第三本書的呈現。

謝謝秀威的玉霈和聖翔，持續以電郵聯繫、解說的敬業。

最是感謝丹莉，在我邀請她作序時，「很榮幸樂意為妳寫序」的一口答應，雖然她出門在外，月底才會回家，而她手頭還需要審核二十多本海外女作協申請入會會員的新書，並且，我事後才得知她應允作序的當日，正是她的摯愛經歷完大手術的次日！我非常吃驚、非常過意不去，更佩服她在「心情超不好」之下，仍然對朋友有情有義，還不讓對方有壓力知道她正承受揪心、難以承受之重的擔待，如此情況下完成了序文，直教我銘心的感動。

教職退休後的先生，耐心伴我走完出書過程，雖然打心底他多麼希望趁著春光明媚，結伴出外旅遊，在此也一併感謝他的持久包容。

國家圖書館出版品預行編目

不完美的美好 / 任安蓀著. -- 臺北市：致出版,
　2019.06
　　面；　公分
　　ISBN 978-986-97897-0-7(平裝)

863.55　　　　　　　　　　108009303

不完美的美好

作　　者／任安蓀
出版策劃／致出版
製作銷售／秀威資訊科技股份有限公司
　　　　　114 台北市內湖區瑞光路76巷69號1樓
　　　　　電話：+886-2-2796-3638
　　　　　傳真：+886-2-2796-1377
網路訂購／秀威書店：https://store.showwe.tw
　　　　　博客來網路書店：http://www.books.com.tw
　　　　　三民網路書店：http://www,m.sanmin.com.tw
　　　　　金石堂網路書店：http://www.kingstone.com.tw
　　　　　讀冊生活：http://www.taaze.tw

出版日期／2019年6月　　定價／380元

致 出 版

向出版者致敬